2025
신춘문예 당선시집

2025

신춘문예 당선시집

시 : 안수현 이문희 장희수 노은 김용희
이희수 백아온 최경민 이수빈 박연

시조 : 류한월 박락균 한승남

『2025 신춘문예 당선시집』을 펴내며
– 시의 향기가 널리 그리고 멀리 퍼져 나가길

　『2025 신춘문예 당선시집』에는 국내 주요 일간지에서 발표한 신춘문예 시, 시조 당선자들의 당선작과 신작시 2편씩 실려 있다. 당선 시인의 약력과 함께 당선소감, 심사평 전문도 함께 수록했다. 『신춘문예 당선시집』은 오랫동안 시인이 되고자 하는 이들에게 큰 길잡이 역할을 해왔다. 많은 지망생들이 당선작을 읽고, 심사평을 읽으며 실력을 갈고 닦았다. 뛰어난 시재를 가진 많은 지망생들이 신춘문예 당선에 도전했지만 이는 마치 하늘의 별 따기나 천운에 비견될 정도로 좁고 치열한 과정이었다. 이 책에 소개된 시인들은 모두 그러한 열망을 현실로 만든 이들이다. 그러므로 시인을 꿈꾸는 이들에게 더없이 귀중한 공부, 소중한 시간이 될 것이라 생각한다.

　한강 작가의 노벨문학상 수상 이후 문학에 대한 관심이 크게 늘어나서인지 2025년 신춘문예는 유독 응모작이 많고 경쟁이 치열했다고 한다. 한강 작가의 작품은 절망적인 세계에서 예술이 할 수 있는 역할을 묻는다. 거기에 자극받은 사람들이 많았다는 것이니 반가운 일이 아닐 수 없다.

이 책에 수록된 작품들은 각기 다른 색조를 지녔을지언정 인간에 대한 사랑과 이해가 물씬 묻어난다는 공통점을 갖는다. 이 작품들이 독자들에게 따뜻한 마음의 휴식처가 되어주기를 바란다. 올해 신춘문예에 당선된 시인들에게는 진심어린 축하의 말을 전하고 싶다. 모두가 한국문학을 더욱 풍성하게 만들어주시길. 그래서 더 많은 시가 독자들에게 널리 전해질 수 있기를 꿈꿔본다.

도서출판 문학마을 기획위원 일동

2025 신춘문예 당선시집 차례

시조

2025
신춘문예
당선시집

시

■ **경향신문** | 시

토마토가 보이는 것보다 가까이 있음

안수현

1998년 서울 출생
서울여자대학교 국어국문학과 · 문예창작전공 졸업
이화여자대학교 대학원 국어국문학과 석사 졸업, 박사 수료
2025 『경향신문 신춘문예』 시 부문 당선

asoogood@daum.net

토마토가 보이는 것보다 가까이 있음

윗집은 오늘도 많이 더운가 보다
아무렇게나 잘라두어 우리 집 창문에 아른거리는
에어컨 실외기 호스에서
물이 뚝뚝 떨어진다 엄마는 시끄럽다면서도
마른 토마토 화분을 물자리에 밀어둔다

새순 발끝을 받치고 있는 큰 줄기
손끝이 새파랗다
너를 이렇게밖에 밀어올리지 못해 미안하다고 하는
누군가와 닮았다

왜 자꾸 안쓰러운 표정을 짓는 걸까,
그냥 그렇게 된 건데 우린
순진한 토마토일 뿐인데

어차피 충분히 어른이 되면
고개를 깊이 숙이고
자신을 떨어뜨려야 할 텐데

땅에서 났으면서도
먼 하늘만 보고 자라
땅에 묻히기를 두려워하는
엄마 없는 엄마와 엄마밖에 없는 딸

토마토는 어디에서든 뿌리를 내린다
홀로 오래 있었던 토마토 과육에선
제 심장을 디디고 선 싹이 자라곤 한다
해묵은 양수를 받아마시며,

그것은 꽤나 외로운 일이다
그래도 토마토는 그렇게 한다

텃밭은 언제나 비온 뒤 맑음

고구마를 물에 씻는다
가을이 되면 박스채 사다 두고
구워 먹는다, 예전에 아부지 살아계실 때
우리 밭에서 캔 고구마가 그렇게 맛있었는데
엄마는 해남, 여주에서 캤다는 고구마보다
율암리 밤고구마가 진짜라고 아쉬워했다

함께 지나온 마지막 가을이었다
생전 그런 적이 없었다는데
와서 밭일 도와라 부르셔서, 그래서
나까지 데리고 갔다는데

고구마에 상처를 많이 냈다
괜찮아 고구마는 다쳐도 우리 딸만 안 다치면
엄마는 괜찮아
나는 괜찮지 않았다
그렇게 좋아하는 이 고구마에까지
생채기를 내는 내가 싫었다

할아버지는 괜찮아요?
아니, 아프지 않았으면 좋겠어
너도, 내 딸도

하얗게 벤 자국에 드러난 속은
다시 부드러워지지 않아
그대로 껍질을 대신해 견디는 거지
흙을, 다른 몸을, 삶을,
누군가 없어도 계속될 내일을,

할아버지는 말없이 고구마를 잔뜩 담고
엄마 한번, 나 한번
눈을 맞춘 뒤
파헤쳐진 고구마밭을 바라보았다

물에 씻긴 고구마,
매끈하게 빛나는 몸을 보며
일부러 피를 내보고 싶어진다
누군가 없어도 단단하게 굳어서 굴러갈,

새하얗고 저릿한 그런 상처,
우리 심장 깊은 곳에도 있는,
남겨둔 마음과 남겨지는 마음의 결절지

농부의 딸은 고구마를 맛있게 먹는다
농부의 딸의 딸이 구워준,
흙딱지 흰딱지와 구멍 여럿으로 더 달콤해진
그런 삶과 고구마

괜찮냐고 굳이 물어보지 않는다
고구마가 맑은 표정으로 오늘을 견디고 있다

바다선인장

아빠가 있는 그 집이 싫었다
짙은 습기가 느껴지는
고요하고 막막한
침묵에 질린 절벽 위의 집

차가운 바람에 떠밀려오는 밤,
저기 해변에
아빠인가? 닮은 누군가가
물가에서 몸을 말고 작게 앉아 있다

그는 불꽃놀이를 한다
작은 꿈빛이 튀어나오는 긴 폭죽통
그런 마음을 안아 들고 선다
나는 맨발로 서서 파도를 맞으며
그 소리를 오래 듣는다

더 이상 숨이 터져 나오지 않는
심장을 들여다보는 그의 표정을
바라보는 내 얼굴이 형형색색이다

남은 불씨와 사라진 불꽃 사이
불티, 내 심지는 언제 젖었지?

파도가 허리께 닿는 순간
절벽 위의 집을 생각한다
불러나 볼걸
이미 푹 젖었다 느끼면서도
헤엄쳐 나올 힘이 없는 것일지도
모른다 누가 그를 그렇게 만들었는지
어쩌면 아주 가까운 사람

별이 떠 있고
그는 걷는다
뒤를 따라 걷는 나를
돌아본다 그의 온몸이
샛달보다 밝게
타오른다

'그만 써야지' 하며 쓴 글…
힘내어 다시 쓰겠습니다

얼마 없는 목돈을 털어 덜컥 적금을 들어버린 기분입니다. 심사위원 선생님들께서 끌어올려 주신 당선작은 제가 '시를 그만 써야지' 생각하고 쓴 글이었습니다. 충분히 노력하지 않았으면서도 충분히 알지 못하는 것에 대해 답답함을 느끼는 제가 싫었습니다. 시의 기초도 모르면서 대단한 것을 써내고 싶은 욕심이 저에게 있다고 생각했습니다. 그래서 부끄럽고 화가 났습니다. 그럼에도 일상에서 기억해 두고 싶은 순간들, 다양하게 오래 불러보고 싶은 이름들이 있어서 시를 쓸 수밖에 없었습니다. 하루하루 조금이라도 행복해지고 싶어서, 솔직해지고 싶어서. 그래서 도망치지 않았습니다.

포기하고 싶을 때마다 저를 믿어주시고 붙들어 주신 정끝별 선생님께 감사합니다. 선생님의 격려를 들으면 제가 아주 소중한 존재가 된 것처럼 힘이 생깁니다. 제가 감히 시를 써볼 수 있도록 가르쳐주신 서울여대 국어국문학과 선생님들과 문예창작전공 문우들에게도 고맙습니다. 늘 선의를 가지고 저를 지켜봐 주는 이화여대 국어국문학과 선후배동료들과 선생님들께 특히 감사합니다. 저를 살게 한 모든 순간들, 풍경들, 인연들에 고맙습니다. 누구보다도 우리 캡틴, 진심 어린 사랑을 온몸으로 느낄 수 있게 해주시는 엄마에게 감사합니다. 아빠, 언제나 건강하게 지내시길 바랄게요.

제 곁에 머물러주는 친구들에게 '시가 어렵기만 하지는 않음'을 이야기할 기회가 생겨서 기쁩니다. 제가 생각하는 시문학은 쓴 사람의 진심이 담긴 삶의 궤적입니다. 오래 지켜보면 사랑하게 되고 믿어보고 싶게 되고 의지하게 되는 것이 시이고 사람입니다. 어떤 모임에서도 '잘' 쓰는 축이 아니었던 저를, 그럼에도 불구하고 계속 말하게 하고 이 세계에 정붙이게 한 것이 문학입니다. 제 생각은 그렇습니다. 특별하지 않은 줄 알았던 것을 특별한 관심으로 새기는 일, 그것이 시쓰기라고 믿습니다. 시의 순간으로 하여금 여러분 모두의 일상에 희망과 위안이 깃들기를 진심으로 소망합니다. 저도 힘내어 정직하고 성실하게 글쓰며 살겠습니다.

미안하다고 말하는 마음과
외롭고 질긴 생명의 온기

　난데없는 비상계엄령의 충격이 채 가시지 않은, 탄핵 소추안 가결을 하루 앞둔 날, 네 명의 심사위원이 한자리에 모여 앉아 온종일 신춘문예 시 응모작을 읽고 있던 풍경이 문득 현실감 없이 느껴졌다. 저물어가던 2024년이 전혀 다른 성격으로 다가왔기 때문일까. 한강의 노벨문학상 수상을 덮을 만한 사건이 한 달이 채 남지 않은 2024년 이 땅에서 일어날 거라는 생각은 하지 못했다. 현실이 문학을 압도해 버린 낯선 분위기 속에서 시 응모작들을 읽었다. 기후 위기의 문제의식은 여전히 강세였고, 슬픔과 우울의 감정을 자기 고백적으로 드러낸 시가 자주 눈에 띄었다. 고단한 현실의 무게에 짓눌린 외롭고 무기력한 주체들의 목소리가 여기저기서 들려오는 듯했다.

　응모작들 중 네 명의 작품이 마지막까지 심사위원들의 눈길을 붙들었다. '개의 춤' 외 4편, '테라스' 외 4편, '테레민' 외 4편, '토마토가 보이는 것보다 가까이 있음' 외 4편을 두고 숙의의 시간을 가졌다. '개의 춤' 외 4편은 공간을 구축하는 방식이 매력적이었다. 특히 자유자재로 공간을 구축하는 '방'의 상상력이 흥미로웠는데 예측 가능한 마무리가 다소 아쉬웠다. '테라스' 외 4편은 오래 시를 써 온 공력이 느껴졌다. "수없이 늘어선 토르소가 울타리로 일어나고 있었다"처럼 시를 마무리하는 마지막 문장이 특히 인상적이었다. 대상을 호명하거나 인칭을 사용하는 방식이 어딘지 익숙하다는 점은 아쉬웠다. '테레민' 외 4편 중에서는 '백자 앞에서'가 눈에 띄었는데 기시감을 완전히 지우지는 못했다는 점에서 우리를 망설이게 했다. '토마토가 보이는 것보다 가까이 있음' 외 4편은 상처를 안고 살아가는 소소한 일상에서 빚어지는 생활의 감각이 돋보이는 시들이었다. 어머니로부터 유전되는 돌봄과 성장의 문제를 식물의 상상력을 통해 그려내는 시선이 믿음직스러웠다. 미안하다고 말하는 마음과 외롭지만 끝끝내 살아내는 질긴 생명의 온기가 심사위원들의 마음을 움직였다.

단 하나의 작품을 고르는 심사의 과정은 늘 어렵다. 의심이 확신으로 바뀌는 과정이지만 사실상 마지막 몫은 당선자에게 달렸다. 호명되지 못한 응모자들의 새해도 너무 춥지 않기를 바란다. 시를 쓰며 지금 여기를 견디고 어디

먼 곳에 가닿고자 하는 당신들은 이미 시인이다. 머잖아 지면에서 꼭 만나기를 바란다. 그 어느 때보다도 따뜻한 온기가 그리운 시절이다. 시를 읽는 시간 동안 잠시나마 느꼈던 온기를 새해에는 더 많은 이들과 나누고 싶다.

심사위원_김선오·이경수·이제니·황인숙(가나다순)

생각하는 나무

이문희

1966년 전북특별자치도 전주 출생
2015년 계간 『시와 경계』 등단
2025년 『광주일보 신춘문예』 시 당선

mun0400@hanmail.net

생각하는 나무

나는 몽상가답게 낙천적이죠

구름모자를 즐겨 써요

서서 먹고 서서 자는 동안에도 반짝반짝 사색을 즐기죠

이파리가 많다는 건 생각이 많다는 증거랍니다

그래서 외롭지도 외로운 줄도 모르죠

빽빽한 생각에 몰두하다 보면 궁금한 게 참 많아요

덩굴장미는 용암의 뿌리에서 분출한 식물성 화산일까

바다가 파도 창고라면 하늘은 구름 공장일까

누가 저 많은 구름들을 져 날랐을까

매미에게는 몇 마력 울음의 엔진이 장착된 걸까

또 이런 생각도 해요

하늘에 갇힌 별들은 자유로울까

물고기는 어디를 날아가려 지느러미를 가진 걸까

무지개는 하늘 놀이터의 미끄럼틀일까 아니면 하늘 바

깥으로 나가는 통로일까

나는 새들에게 의자를 내어주는 게 취미라면 취미

노래를 하고 싶거나

한바탕 춤을 추고 싶을 땐 바람 몰이꾼이 되어요

매일매일 석양을 바라보며

서쪽이라는 당신에게 시를 지어 주죠

누구나 나의 친구가 될 수 있지만

길거리에서 배낭 메고 여행 중인 달팽이를 만났다고 해서

버스정류장에 데려다주겠다는 생각은 꺼주세요

오늘도 생각의 평수를 넓혀가는 나는 자유인이니까요

낮달에게 안개에게 늘 새로운 말을 걸어요

걷느라 생각에 물든 당신이라면

그늘에 잠깐 쉬어 가셔도 됩니다

나는 생각의 씨앗을 다 모아 땅에 뿌리려고 해요

파랗게 돋아나는 생각들을 환호하며 매만지게 될 거예요

나는 파란 마을 파란 집에 살아요

보성 댁 트럭 탑승기

  세상 기둥 같던 너그 아버지 일찍이 떠나보내고 한번은 연애를 하고 싶더라. 나도 여자고, 정말로 연애를 하고 싶은데 못하겠더라. 하루는 점식이네 엄마가, 나라에서 과부 수절 비 세워 줄일 있냐고 당장 나오라는 겨. 봉동에서 생강밭 부자라고 소문난 아저씨를 소개해줬다. 만난 그날 트럭을 타고 왔더라고. 거무스름한 팔뚝에 심줄이 툭 불거져 나온 것이 심깨나 쓰것더랑께. 순간, 따라가고 싶었다. 나는 세 살 막내를 데리고 나갔는데 애를 어디 맡길 데가 있어야지. 셋이 나란히 앞좌석에 탔는데 말이다. 그때부터 야가 떼를 쓰고 우는 겨. 계속 울어쌓는데 아저씨한테도 미안하고, 니 동생 영미 갸가 좀 순했냐? 그날따라 누가 똥구멍을 꼬집는지 어떻게나 크게 울어쌓는지 내 생각에는 야가 어려도 뭔가를 눈치 챈 거 같아. 엄마가 저를 버리고 이 아저씨한테 시집을 가는가보다, 이런 생각을 했던 모양 여. 그래서 어쨌냐고? 바로 집으로 왔지, 안 그냐? 야가 울어 숨 넘어 가는 디 연애는 무슨 놈의 연애? 냅다 집으로 왔지. 여태껏 누가 누구하고 연애한다네, 이런 소문 하나 없이 요 모양 요 꼴로 혼자 안 잘 사냐!

어머니는 쉰다섯 딸에게 우는 듯 웃으며 말씀하셨다.

내일은 꽃

내 몸에 귀신이 산다 했어요
밤 12시면 할머닌 시루떡에 십자 성호를 그은 후
머리맡에 칼을 놓아 두셨죠

칼춤을 추며 귀신이 다녀갔나 봐요
흘리고 간 붉은 꽃잎을 보면 알 수 있어요
밤새 열병이 오르락내리락
내 몸이 시커멓게 타들어 가 구멍이 숭숭 뚫렸대요

엄마는 내 앞에서 웃고 내 뒤에선 울어요
밤마다 내가 태어나기 전부터
뒤란 장독대는 빌고 또 빌어요

지하에선 꽹과리와 징이 춤을 추나 봐요
또 비가 와요 천둥 치고 하늘 깨지면
비에 떠내려간 구두 한 짝 천장에 둥둥 떠 있어요

어릴 때 죽었다던
먼 친척 아가가 내 이름을 부르며 악을악을 울 때면

어디선가 할머니 목소리가 들려와요
얘야, 누가 불러도 대답하면 안 돼 절대 따라가면 안 돼
솜이불처럼 포근한 할머니

살면서 누군가를 잃어보지 않은 사람은 모른다 했죠
누운 곳이 요람이었다가 무덤이 되기도 한다는 거
내 몸에서 자라는 꽃을 뚝 뚝 분질러요
자꾸만 태어나는 꽃잎

나는 무럭무럭 커갔어요
싱싱하게 늙어가도록 내버려 두었어요

"시와 불안을 마주하며…
나의 시를 믿고 계속 쓰겠다"

시를 쓴다는 건, 아는 사람의 손을 잡고 가다가 그 사람이 제 손을 놓고 사라진 기분 같은 것. 이 위태로움과 쓸쓸함이 시를 쓰게 합니다. 시를 쓴다는 건, 고아가 되는 일이지요. 홀로 남아 황량한 종이위에 자기 지도를 그리는 단한 사람. 그 사람처럼 불안을 마주하며 나의 시를 믿고 계속 쓰겠습니다.

'시에 갇히지 말고 시를 끌고 가라'고 가르침을 주신 김기찬 선생님 감사합니다. 시의 스승으로서 끝까지 살아남는 시인이 되겠다는 약속을 드립니다.

내 시의 최초의 독자인 사랑하는 가족들과, 나의 통증의 마디인 어머니 안종모씨, 돌아가신 아버지 이충선씨, 이름을 불러봅니다. 제 이름 가운데에 글월문(文)을 넣어주셔서 고맙습니다. 나를 키워준 아름다운 문장들, 커튼 사이로 반짝이는 햇살, 오후에 듣는 라디오와 커피, 모두 고맙습니다. 시로 인연을 맺은 〈전주풍물시동인회〉시인들께도 감사함을 전합니다.

부족한 시를 선해주신 장석주 심사위원님과 광주일보 사에 머리 숙여 감사드립니다. 푸르게 싱싱한 시 쓰겠습니다. 빚진 마음으로 세상을 읽겠습니다. 나는 계속 쓸게요.

"시행을 끌고가는 능란함에서
내공 느껴졌다"

요즘 삶의 빡빡함을 반영한 탓일까. 삶의 곤핍과 우울한 정조를 에두르지 않고 보여주는 시들이 주를 이루었다. 응모작을 읽는 내내 가슴이 답답했는데, 그것은 시에 현실의 중압감이 고스란히 삼투된 까닭에서일 테다. 막장 현실에서 떨어져 나온 사유의 파편들, 소상공인들이 현실과 맞서 고투하는 모습들, 일그러진 현실이 불가피하게 불러온 꿈의 좌초를 다룬 시들이 눈에 자주 띄었다. 응모자들이 다 진지했지만, 개성이 돋보이는 자기의 목소리, 산술적 평균을 깨고 솟구치는 이미지의 돌발성, 사유의 도약으로 독자의 의식을 내리치는 죽비 같은 시를 찾기는 쉽지 않았다는 점이 못내 아쉬웠다.

열 네 분의 작품들이 본심에 올랐는데, 최종심에서 검토한 것은 조지은 씨의 '이상한' 외 2편, 이문희 씨의 '생각하는 나무' 외 2편, 박시유 씨의 '엉겅퀴' 외 2편, 김탄희 씨의 '쌍둥이자리' 외 2편 등이다. 조지은 씨는 상투성을 깨는 이미지와 감각의 돌올함에서 단연 돋보이고, 박시유 씨는 핍진한 체험에서 길어낸 시적 진정성이 예사롭지 않으며, 김탄희 씨는 투고작 '921'을 읽을 때 눈이 번쩍 뜨였는데, 모호함을 뚫고 나오는 목소리에 묘한 매혹이 있었다. 헌데 '921'이 소품이고, 다른 응모작들이 이 시를 받쳐주지 못했다는 점이 안타까웠다.

다들 개성과 시적 수일함이 또렷했지만 심사자가 당선작으로 고른 시는 이문희 씨의 '생각하는 나무'다. 시행을 끌고나가는 능란함에서 만만치 않을 내공을 엿볼 수 있었다. 시편의 수준이 들쭉날쭉하지 않고 두루 고른 점, 다른 응모자들과 견줘 시의 완성도에서 앞선 게 좋은 평가를 받았다. "이파리가 많다는 건 생각이 많다는 증거랍니다", "바다가 파도 창고라면 하늘은 구름 공장일까/누가 저 많은 구름들을 져 날랐을까" 같은 싯구들은 알아듣기 쉬우면서도 천진한 동화적 발상을 드러낸다. 각각의 시행들이 품은 사유의 조각이 시의 전체와 유기적으로 맞물린 데서 더욱 돋보였다는 걸 밝힌다.

심사위원_장석주

■ 동아일보 | 시

사력

장희수

1992년생
2025년 『동아일보 신춘문예』 시 부문 당선

heehee2157@naver.com

사력

할머니가 없는
할머니 집에선

손에서 놓친 휴지가 바닥을 돌돌 굴렀다

무언가 멀어져가는 모습은
이렇게 생겼다는 듯

소금밭처럼 하얗게 펼쳐지고

어떤 마음은 짠맛을 욱여가며 삼키는 일 같았다 그중
가장 영양가 없는 것은
포기하고 싶은 마음일 것이라 생각해본 적 있다

포기하고 싶을 때마다
포기할 수 있었다면

또다시 포기하고 싶은 마음 같은 건, 생길 리 없을 테니까

할머니도 이제야 뭔들
관두는 법을 배운 거겠지

다 풀린 휴지를 주섬주섬 되감아보면 휴지 한 칸도 아
껴 쓰라던 목소리가
귓등에서 자꾸만 쏟아지는 것 같았는데

쏟아지면 쏟아지는 것들을 줍느라
자주 허리가 굽던 사람의 말은

더 돌아오지 않는 거지

죽을힘을 다해본다 해도

사람들은 영정 앞으로 다가와
국화꽃을 떨어트리고 멀어져 간다

정갈하고 하얗게 펼쳐지는
꽃밭처럼,

무언가 떠나는 모습은 이렇게 생겼다는 듯

할머니가 있었던
할머니의 집에서는

적설

떠날 사람처럼 너는
날 꼭 안아준 적이 있지

눈은 끝나버린 세상처럼 하얗게 쏟아지고

주인공이 모두 잠든 영화에서는 엔딩 크레디트가 흐르
고 있다 출연했던 배우의 이름들이
하나둘 스크린 바깥으로 떨어지는 장면

세상이 밑 부분부터 하얘진다

정말이지, 거짓말처럼
하얗게 변해서

거짓말에도 색깔이 있다면 흰색일 것이란 생각을 해보고

눈 내리는 장면이 많았던 영화는
종말에 관한 이야기 같았다

지구가 하얗게 식어갈 거래 너무 추워서 아무나 껴안고 있어도 결국엔 얼어붙을 거래, 라는 대사를 들었을 땐

마지막으로 껴안은 사람과는 영원히 붙어있을 수 있단 뜻으로
이해해보고

바깥에선 아이들이 장갑을 벗은 채
손으로 눈을 만지고 있었다

사람처럼 만들어
목도리를 씌어주고

꼭 안아주는 장면은

차갑고 하얗고
아름다워서,

거짓말을 들은 기분이었는데

세상엔 거짓인 줄 알면서도
자꾸만 믿고 싶어지는 것도 있는 법이니까

라디오에선 일기예보가 흘러내리고 있었다 내일 아침이
면 눈이 멎을 거라고
소리 없이 쏟아지는 눈을 대변하듯

끝나버릴 것 같던 일도
언젠가는

끝이 날 것이라는 말을

누구에게 말하는지 몰라도
누군가에게 말하는 목소리가

차곡차곡 쌓이고 있었다

원리와 이해

　선생님은 수학을 잘하잖아 시험지에 문제가 열 개면 혼
자서도 열 문제를 다
　맞힐 수 있을걸?
　그런데 왜

　나에게 풀라는 걸까

　그것도 다 큰 어른이
　하물며 난 수학을 믿지도 않는데

　모든 건 하나님 탓이야 내가 믿었던 오직 한 사람 그치
만 손가락은 열 개밖에
　안 주셨지

　덧셈 문제를 풀면 풀수록
　커지던 숫자들을 세어보기엔

　손가락이 자꾸만 부족해져갔는데
　그래서

손가락이 아닌 다른 것들을 접어야 했던 건데

괜찮단다, 선생님 말씀이 수학은 원리만 이해하면 쉽다
고 얇아 보이는 종이도
마흔두 번만 접으면 그 두께가
달 높이까지 닿을 정도로 두꺼워진다고

하지만요 선생님

접은 손가락을
또다시 접는 건

너무 아픈 일이잖아요

시가 되는 것들은 기쁨과 멀어,
그런데도 시를 쓰는 건 '기쁨'

　기쁘지만 겁도 난다면 배부른 소릴까요. 그래도 배고픈 것보단 나은 거겠죠? 당선 소식에 광막해지는 기분입니다. 이제부턴 네 글을 읽는 게 누군지 모를 수도 있어, 말하는 것 같았거든요. 그 이제가 지금이고요. 99.99%의 확률로 나는 당신이 누군지 모릅니다. 그래서 아무나 붙잡고 말해 볼 겁니다. 읽어줘서 고마워요. 나도 잘 지내고 있습니다.

　한때는 천재로 불리는 사람들을 부러워했어요. 일필휘지, 촌철살인, 영감과 미문. 근데 따라 해 봐도 안 되더라고요. 그래서 그냥, 나는 바보다 생각하고 쓰기로 합니다. 나는 제일의 바보다. 놓으면 놓아지는 두루마리 휴지처럼, 잡으면 잡힌다는 푸른발부비새처럼. 너무 무지해서, 누군가를 미워하는 방법도 모른다는 양.

　알던 것도 모를 거고, 울면 안 되는데 울 거고, 이태리산 스파게티 면은 두 동강 내어 삶을 겁니다. 있지도 않은 원수들을 하나하나 찾아가 나는 당신을 용서해요, 라고 너무 쉽게 말하는 일을. 쟤는 어쩜 멍청한 말 하기론 제일이네,

소리를 듣는다면 칭찬으로 여길 겁니다. 뭔들 일등이면 좋은 게 아니던가요.

　물론, 암만 생각해 봐도 시가 되는 것들은 기쁨과 거리가 멀었습니다. 그럼에도 시를 쓰는 건, 기쁨일 거예요. 나는 지금 푸른 발바닥을 신은 기분입니다. 어디로 가는지 몰라도 어딘가로 가고 있을 겁니다. 생각과 태도가 비슷해 편한 형준. 쓸수록 이어지던 글처럼 인연이 되어준 용준, 민성, 준형, 예은, 연덕. 마지막 퇴고를 도와준 지민. 나를 짚어주신 심사위원분들과 당선 자리를 내어준 수많은 문우들에게 감사합니다. 철딱서니 없지만 악함도 없어 자랑스러운 영찬, 태선, 선기와 윤곤. 천국을 본떠 만든 게 분명한 나의 가족. 그리고 기도하는 마음을 알려주신 이학순 여사께도 두고두고 감사합니다.

소소한 이미지로 삶-죽음에 대한 사유
성공적 이끌어내

　시에 더욱 많은 것을 요청할수록 오히려 무게를 덜어내야 한다는 역설을 생각해 보게 하는 심사 과정이었다. 현대시가 그 어떤 때보다 '실재(혹은 실제)에 대한 열정'을 감당해 내야 하는 무게와 싸우고 있다는 것은 널리 알려진 일이다. 그러나 그것은 단지 상당한 질량을 보유했으리라는 기대를 담은 관념어의 나열로도, 언어 경제를 잃은 장황함으로도 해결될 수 없다. 이번 본심 대상작을 중심으로 단적으로 말하자면 늘이고 포개는 것보다 오히려 줄이고 깎는 일이 더욱 관건이라는 사실이 확연히 눈에 띈다.

　'귓속'은 단정한 진술과 매끄러운 비유로 우선 관심을 끌었다. 경청의 무게와 깊이가 절실한 이즈음의 사정과도 잘 부합하는 주제다. 그러나 '이 대목이 반드시 필요한가?' 하는 의문을 감당하기 어려워 보이는 대목들이 특히 시의 후반부에 여럿 눈에 띄었다. 시는 일자천금의 세계이기도 하거니와 절제를 화두로 언어와 씨름하는 장르이다. '결심과 결실'의 경우도 사정은 비슷했다. 시의 내적 논리가 무리 없이 전개되며 종반부의 전언을 독자가 수긍하게 만드는 작품이다. 그러나 종반부로 치닫기 직전에 제시된 부분의 느슨함과 평이함 그리고 장황함이 두고두고 아쉬움으로 남을 법하다.

'사력'은 그런 점에서 최종적으로 검토의 대상이 될 만했다. 할머니의 죽음을 중심 소재로 하되 사건을 세세히 묘사하는 대신 소소한 이미지들을 그러모아 사건에 육박하게 하는 자연스러움이 돋보였다. 이를 통해 삶과 죽음에 대한 독자의 사유를 이끌어내는 것에도 성공하고 있다. 군더더기 없이 능숙하게 쓰인 작품이다. 그 숙련에 더 많은 모험이 함께하기를 기대하며 축하의 악수를 건넨다.

심사위원_정호승 시인·조강석 문학평론가(연세대 국어국문학과 교수)

폭설 밴드

노은

2003년 서울 출생
서울예술대학교 재학 중
2025년 『매일신문 신춘문예』 시 부문 당선

n9554591@naver.com

폭설 밴드

팝콘은 함성이라서 우리는 스네어 드럼을 밟는다

산과 하늘의 경계가 흐려지는 시간이 오면
저 멀리서 늑대의 우두머리가 하울링하는 소리가 들렸다
교실 안 아이들의 핸드폰에 폭설 경보음이 울리고

뒤적거리다 발견한 서랍 속에서 눅눅해진 팝콘
밴드 합주실은 꼭대기 층에 있어서
아이들은 지붕 없는 교실에서 자습을 했다

쿵, 쿵
우리는 무언가를 떨어뜨리기도 하였는데
무언가와 바닥이 부딪히는 소리는 생각보다 커서

옥상에서 어떤 아이가 얼어터진다는 소문이 학교에 돌
았다
누군가 죽은 게 아니어서 다행이라고
너는 그렇게 말할 것 같았다

퓨즈가 나가고 모두 조용해지는 한순간
기억 속의 학교는 영원히 어두울 것만 같아,
내가 말했다

셀 때마다 달라지는 계단의 수
잡히는 대로 꽉 쥘 수밖에 없어서
손을 쥐었다 펴기를 반복했다
하얗게 질린 손에 온기가 돌아오길 바라며

우린 완전히 고립된 거야
둘 중 누군가 그렇게 말하기도 했던 것 같기도 하고

열차가 운행하지 않고 교문이 눈에 묻혀도
이곳은 폭설 밴드

너와 나는 깨진 전구와 베이스 기타 줄을 들고
학교를 한 바퀴 돌았다
신발장을 지날 때마다 교실에서 이탈한 아이들은 배로
늘어나서

일렬로 늘어선 줄
끝이 보이지 않았다

오지 않는 담임 선생님께,
추워서 옷을 벗었어요 우린 아직 힘이 넘치고 유순하답
니다 서로의 입에 팝콘을 넣어주곤 겨드랑이에도 손을 넣
어요,
구두 소리가 마룻바닥을 두드리면 학교는 움직입니다
교시음은 필요 없어요 베이스도요

너는 머리말을 이렇게 장식하기로 마음먹었고
늑대들이 산 아래로 내려오고 있었다
아이들이 울기 시작했다

보급형 블랙홀*

잊어버린 메모는 어디로 가는 걸까
자기 전에 떠올린 문장이나
미완성 수식 같은 거 말이야

빕—삐—삐—

프린터가 작동하는 소리와 함께 인쇄된 종이 한 장
용지를 꽉 채우는 지름의 검은
원이 그려져 있었다

부서진 영혼에도 몸이 깃들 수 있냐 묻는다면
나는 당연히 아니라고 대답할 것이고

왜 인간을 분자까지 쪼개는 실험을 강행했습니까?

서투르게
등을 넘겨 조약돌을 던지는 마음으로
우주 종말이나 고대하는 스팸 메일은 삭제하기

잉크가 막 증발한 종이 위 블랙홀에
손을 집어넣으면
어디까지고 길어질 수 있었다

인간을 대상으로 한 실험체가 아내였다는 사실이 맞습
니까?

움켜쥘 수 있어야만 시간이라 부를 수 있어서
닥치는 대로 꽉 쥐었다
하얀 손을 펼칠 때마다 온갖 것들이 매달려 있었는데
늘어난 머리끈 사용감 짙은 뿔테 안경 구부러진 포크 끊
어진 로켓 목걸이 누군가의 사진

저는 사람을 죽이지 않았습니다
진심으로요

삼키다 보면 검정에도 무게가 실리고
한 번은 지평선의 안쪽으로 들어가 보기로 했다
끈적하고 투명한 발자국을 남기며

왜 그랬습니까?

그곳에는 꼭 누군가 있을 것도 같아서

대개의 현상은 종이 한 장으로 요약되었다

인간의 생존전략이 다정함이었다니 말도 안 돼

나는 중얼거렸고

왜 그랬어요?

아내가 물었다

누군가 반으로 꾹꾹 접은 종이를

휴지통에 던졌다

가볍게 구겨지는 소리가 들렸다

* 시간 단축을 위한 통근자용 보급형 공간 이동 장치, 즉 텔레포트라 불리는
  신기술의 구현. 인간을 가루보다 작은 분자까지 쪼개 인력을 최소화한 뒤 목
  적지에서 분자와 정보를 재조립하는 방식으로 공간 이동을 성공에 옮긴다.

어드벤처

코너를 돌면 무엇이 놓여있을지 모르는
롤러코스터의 한 구간처럼
우리는 어딘가를 천천히 서행하고 있음이 분명해

안전바에서 손을 놓으면
분명히 소리를 지르겠지?
아니, 먼저 스릴을 예감하겠지 넌
이런 종류를 즐긴다고 했으니까

나는 네가 즐겁다고 말할 때의 구겨진 표정이
좋고
이것이 우리가 살아가는 법
죽기 아니면 까무러칠 수밖에 없는 우리가
세계를 견디지 않는 몇 초

그러니까 그건
몸 안에 몸을 가두는
중력에서 벗어나는 순간일 테지

그런 경험 있어?
예를 들면 머리로 걸어본다던가
태어난 구멍으로 다시 들어가 본다거나
아, 이게 전부 힘에 관한 진부한 이야기는 아니고

쏟아지는 순간을 느낄 때
우리는 그걸 롤러코스터라 부르기로 했잖아
그래서 나는 우리가 만나기 전부터 이 장면을 구상했고

시 속 롤러코스터가 아직 떨어지지 않은 이유는
첫 번째 추락 후에는 모든 재미가 과자 부스러기처럼 바
닥에서 흩어지기 때문
할 말이 남아 있어서
시는 아슬한 허공에 다리를 잇는 방식으로 계속되고

그렇고 그런 이유 때문에라도 순간은 지속되는 법이지
안전바가 슬슬 풀리면
어드벤처 랜드의 지하는 깊어지고
뒷좌석에 앉은 두 명은 손을 꼭 잡아

할 수 없는 게 이런 것밖에 없어서

우린 잠시 웃고
길게 울 테지

얽힌 실타래처럼 복잡하게 섞이는 레일을
최고 속도로 달려 나갈 준비가 되었어
자신 있게 떨어질 준비가

너는 어때?
할 수 있겠어?

*

그날 마지막 운행한 롤러코스터에는 사람이 얼마 없어서
아주 작고 가볍고
따뜻했다
철제 기구의 온도를 논하는 모양이 어설펐지만 두 사람
은 느꼈다

쉬지 않고 떠들었다 밤새도록 이야기하면 둘은 다시 올라갈 준비를 마칠 수 있었고

나는 그런 방식으로 너를 사랑했다

첫 투고에 덜컥 당선… 어두워진 기운 가시도록 다시 책상에 앉아 쓸 준비

7살 무렵 "왜요?"라는 질문을 입에 달고 살던 저는 쉽게 확신을 내릴 수 없는 어른으로 자랐습니다. 지난 몇 년간 "모르겠다"라는 말을 계속했습니다. 밥을 먹고, 잠을 자고, 내가 하는 모든 행위에 이유가 필요한 것처럼 보였습니다. 시도 마찬가지였습니다. 모르겠습니다. 미래에도 미래를 알 수 없듯, 불안정한 것들을 쌓아올리는 방식으로 세계가 흔들립니다. 그들은 저를 두렵게 합니다.

첫 투고에 덜컥 당선되어 놀라움은 금세 부채감으로 바뀌었습니다. 시를 대하는 태도에 대해 생각하게 되었습니다. 또다시 모르는 것이 제게 찾아온 것입니다. 다이어리 앞장에 써놓은 '올해가 가기 전에 해보고 싶었던 일'에 줄을 그었습니다. 선명한 힘이 뒷장까지 새겨있습니다. 모르는 힘은 그런 것일 수도 있겠습니다. 꾹 누른 자국 같은 것이요. 지금껏 그래왔듯 두려워하며 부딪히는 힘으로 떨릴 것입니다. 눈을 열고 귀를 넓히며, 그러한 힘이 앞으로도 저를 땅에 발붙이게 할 것 같습니다. 그러길 바랍니다.

시를 읽어주신 심사위원 분들께 감사드립니다. 무엇이

든 가능성을 열고 격려해 주시는 학교의 선생님들께도 감사합니다. 같이 읽고 쓰는 학우들의 따스한 온기가 문학을 가득 채우고 있음을 느낍니다. 불가해한 이야기들에 대해 고민하며 함께 시간을 견딘 나의 친구들, 문우가 되어준 사람들에게 깊은 애정과 경의를 표합니다. 앞으로도 잘 살아냅시다. 그리고 시의 세계를 처음으로 보여주신 선생님, 손을 잡아 바깥으로 끌고 나와준 Y, 인생의 많은 시간을 뭉쳐 지나온 긴밀한 친구들과 희연, 소담에게, 사랑합니다. 마지막으로 애정하고, 미워하고 또 미안한 엄마, 아빠, 가족들에게 감사합니다.

어두워진 기운이 가시도록 마음에 촛불을 밝히고 다시 책상에 앉아 무언가를 쓸 준비의 준비를 합니다. 오래된 노트북이 무사히 켜지길 기다리며 장바구니에 담긴 책들을 주문합니다. 노트북의 모니터가 환해질 때까지, 얼마간 이러한 공상이 떠올랐다 금세 사라집니다.

언어·음악 에워싼 폭설과 늑대 울음소리…
시적 감수성의 넓이·깊이 폭발

　예심과 본심이 동시에 진행된 이후, 최종심에서 거론된 작품은 노은 씨의 '폭설밴드'와 방성원 씨의 '이사할 때는 누구나 호구가 된다', 두 편이다. '폭설밴드'에서 폭설이라는 고립 공간에서 음악성에 기대어 현실과 환상이 조립되었다면, '이사할 때는 누구나 호구가 된다'의 생활은 일상어의 발화이다. 전자가 시적 장치로 다채로운 발상을 사용한다면 후자는 관찰의 시선이 돋보인다. 당연히 전자는 활발하고 후자는 페이소스에 근접한다. 한 발짝 더 들어가 보면 서로 다른 이 두 작품이 얼마나 좋은지 알게 된다.

　'폭설밴드'에서 "쿵, 쿵 / 우리는 무언가를 떨어뜨리기도 하였는데 / 무언가와 바닥이 부딪히는 소리는 생각보다 커서 // 옥상에서 어떤 아이가 얻어터진다는 소문이 학교에 돌았다 / 누군가 죽은 게 아니어서 다행이라고 / 너는 그렇게 말할 것 같았다"라는 부분은 거대 폭설 군락이라는 상징이 에워싼 교실의 분위기와 감정에 대한 빛나는 묘사이다. 그런 시간 그런 장소에서 시가 왜 필요한가를 충분히 증명하고 있다. 폭설이라는 썸네일을 가진 기묘하고 역동적인 한 편의 영상이 아닌가. "퓨즈가 나가고 모두 조용해지는 한 순간 / 기억 속의 학교는 영원히 어두울 것만 같아"라는 어두운 반전 또한 이 시의 매혹이다. 폭설 속의 다채로운 수다는 어떤 감정으로도 번안 가능한 노은 씨의 고유한 영역이다.

'이사할 때는 누구나 호구가 된다'의 정경은 누구나 겪음직한 삶의 귀퉁이라는 일상이다. 이 소소한 이야기의 마지막은 "문은 닫히니까 괜찮죠? // 문을 닫았다가 열었다가 다시 / 닫다가 자꾸 내가 걸리는 것 같아 // 그냥 열어놓고 지내야죠"라는 구절이다. 이 결말은 느리지만 진솔하고 단순하면서 비범하다. 또한 이 진술에는 신산한 보통 사람의 하루가 고스란히 맺혀 있다. 사실이 아니라 공감을 추구하는 시적 언술이 몸에 배인 창작 습관을 가졌다고 짐작한다.

단점보다 장점이 많은 두 작품 사이에서 주저하면서 어떤 선택도 괜찮다는 논의가 오갈 때쯤, 결론을 위해 우리는 다시 숙고했다. 전자와 후자는 좋거나 더 좋음이 아닌,

지금 이 시점에서 우리 현대시의 섬세하고 다양한 포즈이기 때문이다.

폭발하는 시적 감수성의 넓이와 깊이야말로 심사위원들이 '폭설밴드'의 손을 들어준 타당한 이유이겠다. 언어와 음악이 에워싼 폭설이라는 늑대의 울음은 이 시가 당선작으로 선정되는데 결정적이었다. 당선된 노은씨는 20대 초반, 우리 문학의 전면에 낯선 확장성을 가져주리라 예감한다. 축하를 드린다.

사족이지만 일정한 수준을 보여준 십 대 청소년의 투고작도 잠깐 화제였다.

심사위원_송재학·이병률·김기연

〈구인〉 광명기업

김용희

1982년 경남 거제 출생
조선 관련 기업에서 현장직으로 일하고 있다
2025년 『문화일보 신춘문예』 시 부문 당선

p1p33j23@naver.com

〈구인〉 광명기업

　　외국인 친구를 사귀려면 여기로 와요 압둘, 쿤, 표씨투 친해지면 각자의 신에게 기도해줄 거예요 한국인보다 외국인이 더 많은 글로벌 회사랍니다 요즘은 각자도생이라지만 도는 멀고 생은 가까운 이곳에서 점심 식사를 함께해요 매운맛 짠맛 단맛 모두 준비되어 있어요 성실한 태양 아래 정직한 땀을 흘려봐요 투자에 실패해 실성한 사람 하나쯤 알고 있지 않나요? 압둘, 땀 흘리고 먹는 점심은 맛있지? 압둘이 얘기합니다 땀을 많이 흘리면 입맛이 없어요 농담도 잘하는 외국인 친구를 사귀어봐요 쿤과 표씨투가 싱긋 웃습니다

　　서서히
　　표정을 잃게 되어도 주머니가
　　빵 빵 해질 거예요 배부를 거예요

　　소속이란 등껍질을 가져봐요 노동자란 명찰을 달아주고 하루의 휴일을 선물해 드릴게요 혼자 쌓고 혼자 무너뜨리는 계획에 지쳤나요 자꾸 삐걱대는 녹슨 곳이 발견되나요 이곳에서 기름칠을 하고 헐거운 곳을 조여보아요 감출

수 없는 등의 표정을 작업복으로 덮어 봐요 작업복을 입으
면 얼룩이 대수롭지 않고 털썩 주저앉아도 괜찮다는 생각
이 들 거예요 툭툭 털고 일어나는 털털함을 배워보세요 먼
지 풀 풀 날리는 공장이지만 한 뼘씩 자라는 미래를 그려
봅시다 동그란 베어링을 만들다 보면 자꾸 가게 될 겁니다
긍정 쪽으로

　밝은 빛이 이곳에 있습니다 일종의 상징이지요 바람이
지요 떠오르는 해를 보며 출근길에 몸을 실어보세요 터널
을 좋아하나요 터널이 좋아지게 될 거예요 끝엔 항상 빛이
있다는 사실로
　어둠에 갇혔나요
　이곳의 문은 활짝 열려 있습니다

　분류 : (중소기업) 제조업 - 선박 부품 제작
　임금 : 최저시급, 일 8시간(잔업 1시간), 격주 토요일 근무

　깔 깔 깔

쿤이 땀 흘리며
너트를 조이는 래칫 렌치를
이곳 사람들은 깔깔이라 부릅니다

웃음 많은
이곳으로 와요

충

도시에 빈대가 들끓는다는 뉴스
열차와 영화관 고시원과 심야식당

외로운 영혼이 머물기 좋은 장소가
화면 속 차례로 나열됩니다

숙주 나물 씹으며
큰일이네 큰일
동료와 회사 물품 횡령하다 잘린 배반장 씹다 보면
점심시간은 금방 소화됩니다

가려운 곳 긁어주는 소식 없이 뉴스는 끝나고
물린 적 없는 허벅지를 벅 벅 긁다 보면
저녁이 찾아옵니다 큰일이네 큰일
이런 얘기 나누며 광명기업 간판을 나서고
명찰 없는 도시
품속으로 들어가
큰 한숨을 쉽니다
작업복을 벗고

나로 깨어나는
밤이 찾아옵니다

도시는 사랑을 유예하는 방식으로
유배하는 장소가 되었어요

이런 글을 적다가 벅 벅
빨간 줄을 긋습니다 물린 줄도 모른 채
물려버린 곳을 긁다 생채기가 생깁니다

사슴벌레를 키우고 바퀴벌레를 죽입니다
돈벌레를 미워하고 공벌레를 좋아합니다
나방과 나비의 차이를 모른 채 어른이 되었습니다

도시는 층을 나누고 높은 곳을 좋아하는 방식으로
덩치를 키웁니다 높은 곳에 올라 바라보는
야경은 아름다울 겁니다
보이지 않는 표정으로
층 층 마다 소음이 서식합니다

이곳 반지하는 몇 층일까요?
입을 다문 곰팡이가 번져갑니다

입으로부터 처음 듣는 벌레가 태어납니다
빈대보다 반대가 두려운 저는
뉴스를 챙겨보다 잠이 듭니다

꿈틀꿈틀 뒤척이다
아침을 맞습니다
웅크린 채
어둠을 머금은 입을 축이고
무해한 입을 오해하지 않기로
잠꼬대 같은 다짐을 해보기도 합니다

우리 아빠 오리 아빠

단짝 지숙이 아빠는 기러기
겨울 지숙이는 남쪽으로 멀리 떠나고

아빠는 오리쯤일까
내가 낙동강 오리알이 되었으니까

아빠는 주말에만 집에 머물고
평일에는 인근 도시에 둥지를 틀었다
산업도시라 불리는
이제는 틀렸다 라는 얘기가 들리는

지방의 공장
귀마개를 끼고 일한다
마스크를 쓰고 말한다
날개를 접은 채

걷거나 유영하는 모습이
나는 모습보다 먼저 떠오르는 건 왤까
오리를 생각하면

보이지 않는 물속의 다리
아빠는 집에서 늘 웃지
파스 냄새 풍기며

아빠가 오고 있다 몇 개의 다리를 건너
평일을 지나 휴일의 소란으로
발을 쭉 뻗은 채

울음 대신 허밍이 태어나는 입
상처 대신 온기가 자라나는 손
날개 대신 품이라는
이름을 가진

아빠
오면 말해야지
지숙이 보고 싶다고

지속된 그리움이
내 작은 질병이라고

김용희 77

늦은 시작 조급함 있었지만…
쓰다보면 아무 생각도 안나

　저는 2025년 1월을 보고 있었습니다. 듣고자 하는 강의를 고르고 2개의 공모전을 준비하던 참이었어요. 당선 연락을 받고 "와… 이런 일이 다 있네"라는 말을 오십 번도 넘게 했던 일이 기억납니다. 이름을 불러주신 나희덕, 문태준, 박형준 심사위원분들에게 깊은 감사를 드립니다.

　시는 멀리 있다 생각했습니다. 시를 쓰는 건 공부를 많이 한 사람이나 특별한 사람들의 일이라 생각했습니다. 그렇게 생활과 일상만을 쥐고 지내던 때가 오래였습니다. 이제니 시인님을 만나고 늘 몸과 함께하는 그림자처럼 시가 곁에 있다는 걸 알았습니다. 모두가 빛을 바라볼 때 그림자를 보는 마음을 배웠습니다. 감사합니다. 이영주 시인님의 강의를 들은 것이 제게 가장 큰 행운이었습니다. '시 쓰기는 재밌다'는 말을 요즘도 자주 떠올립니다. 시를 더 아끼게 되었고 두려움을 이겨내고 시를 쓰게 되었습니다. 감사합니다. 앞으로 나아가지 못한다고 느낄 때 김연덕 시인님을 만났습니다. 다정하고 섬세하게 알려주신 방향으로 가다 보니 한 걸음 나아간 것 같습니다. 감사합니다. 짧은 시간이었지만 시의 넓고 풍요로운 세계를 가르쳐주셨던 박소란, 이현호, 김소형, 안태운, 정현우 시인님께도 감사의 인사를 드립니다. 제게 사랑을 알려주신 부모님께 사랑의 큰절을 올립니다. 저를 아껴주시고 응원해주신 분들에게 어떻게 다 감사의 인사를 전할 수 있을지, 행복한 고민이 깊어집니다. 깊은 밤, 떠오르는 얼굴들. 만나서 함께 웃을 날을 기다립니다.

시작이 늦었다는 생각으로 초조함을 안고 지냈습니다. 그 조급함으로 인해 쉽게 실망하고 심하게 몸살을 앓기도 했습니다. 쓰다 보면 아무런 생각이 들지 않았습니다. 쓸 때에는 제가 밉지 않았습니다. 초조함은 슬픔이지만 원동력이 되어주기도 했습니다. 백지를 가득 채운 글들은 자주 백지 상태가 되었지만 설원을 뛰어노는 기분을 느끼게도 해주었습니다. 눈 위에서는 넘어져도 다치지 않았습니다. 백지 위에서 넘어지고 구르는 연습을 많이 했습니다. 저의 크고 작은 실패들이 저를 여기까지 이끈 것 같아 놀랍고 새롭습니다. 새롭고 놀라운 시를 쓸 수 있을지 모르겠으나 실패를 거듭하며 써 나아가겠습니다.

하나의 과정을 통과하였다 하여 어제는 시인이 아니었다가 오늘은 시인이 되는 것은 아니라 생각합니다. 시를 붙잡고 있다면 매 순간이 시인이 되는 과정이란 생각으로 노력하겠습니다. 정말 감사합니다.

노동문제 발랄한 문장으로 녹여내…
우리 시대의 진화된 노동詩

암울한 코로나19 시기를 지나 자신과 세계의 관계를 재정립해 나가는 탄력적인 상상력과 경쾌하고 발랄한 목소리를 우리 시의 뜨거운 현장에서 만나는 즐거움이 컸다. 심사 내내 젊은 층의 투고가 두드러진다는 인상을 받았다. 삶 속에서 얻어지는 문장들과 상상화된 것을 통해 역으로 깊이 있게 현실을 성찰하는 시편들에서 '나'를 관찰하고 '나'를 정립하고자 하는 활달한 시적 의지를 발견할 수 있었다.

응모작들의 특징을 다음과 같이 나눌 수 있겠다. 첫 번째로 생활시편들이 다수를 차지했다. 여기에서 눈에 띄는 것은 일상의 감정이나 사건을 나열하는 방식에서 탈피하고 있다는 것이다. 이를테면 가족에 대한 시편들도 어머니나 아버지뿐만이 아니라 고모, 이모 등 폭넓게 소재를 확장하여 가족 관계를 성찰한다. 또한 인간 아닌 유령 같은 비인간적인 존재들, SF나 우주를 끌어들인 묵시록적인 분위기, 반려동물과 반려식물들을 활용하는 등 일상 속에 중간중간 끼어들어 오는 타자에 대한 관심을 증폭해낸다. 두 번째로 이상기후나 지구 환경에 대한 관심을 보여주면서 인간이 다른 존재와 맺는 생명 관계를 설정하려는 시도이다. 세 번째로 현실을 내면화하여 드러낸다는 점이다. 즉, 사회적인 문제를 내면화하여 바라보려는 시적 통찰을 밑바탕에 둔다. 몇 차례의 토론과 고심의 시간을 거쳐 당선작과 경합을 다룬 작품은 아래와 같다.

'랜드'는 문명 세계가 가지고 있는 그림자나 위험성을 반어적으로 경쾌하게 제시한다. 자본이 자리를 잡기 전 세워지다 만 놀이공원을 통해 묵시록적으로 반문명적 상상력을 전개한다. 주제가 클 수도 있는데 그것을 담담한 이미지로 전달하고 있기에 다정한 듯하면서 쓸쓸하게 다가온다. '완벽한 인사'는 잘 짜인 작품이라는 평을 받았다. 가족에게 남자 친구를 소개시켜 주는 서사적인 상황을 시적인 것을 놓치지 않으면서 전개한다. 서로 소통하는 듯하지만 단절되고 마는 관계를 어긋나는 대화를 이어나가는 방식으로 맛깔나게 표현한다. '집이 납작해질 때마다'는 말과 침묵의 관계를 리드미컬하고 절제 있게 전개할 뿐만 아니라 시적 여백을 최대로 효과 있게 사용하는 시적 전개가 인상적인 작품이다. 말의 운용과 함께 빚어내는 상상력이 산뜻하고 새로우며 안정감과 숙련된 느낌을 준다. 하지만 '랜드'는 몇몇 시행이 다소 평이하고 긴장감이 떨어진다는 점이, '완벽한 인사'는 세밀하게 전개되는 리얼리티가 장점이나 시적 구성이 다소 단조롭다는 점이 지적되어 제외되었다. '집이 납작해질 때마다'는 당선작과 끝까지 경합을 벌였다. 다만, 일상의 공간이 상상 공간으로 넘어가는 데 있어 세련된 품격을 보여주지만 그 시적인 이미지들이 모여서 의미의 구심점을 만드는 데까지로는 나아가지 못하고 있다. 시를 쓰는 솜씨가 돋보여 앞으로의 미래가 기대된다는 점을 부기한다.

당선작으로 선정된 '〈구인〉 광명기업'은 오늘날의 현실에서 직면한 노동의 문제를 밀도 높은 리얼리티의 사회적 지형도로 구현한 작품이다. 자신이 매일매일 현장에서 피부로 경험하는 노동의 현장을 무겁게 문제화하지 않고 가볍게 경량화해서 다룬다. 구인 공고 형식을 활용하여 현장 노동자의 입을 통해 한국인을 포함, 외국인이 함께 일하는 '광명'기업이 얼마나 좋은 곳인지, 이곳이 얼마나 유토피아 같은 곳인지 소개하고 있지만 그게 얼마나 반어적인지를 발랄한 문장 속에 녹여낸다. "소속이란 등껍질" "동그란 베어링을 만들다 보면" '땀'과 '웃음'의 병치 등의 위트 있는 겉이야기를 통해 그 이면의 노동자가 현장에서 직면한 고통과 사회적 문제를 씁쓸하면서도 수가 높은 아이러니로 드러내고 있다. 무거운 것을 가볍게 하여 어떻게 현장감과 공감력을 획득할 수 있는지 우리 시대의 진화된 노동시의 한 모습을 여실히 제시한 작품이다. 당선작에서 보여준 현장감과 기량이 앞으로 써 나갈 작품에서 어떻게 더 뻗어 나갈지 새로운 노동시의 면모가 기대되며, 당선을 거듭 축하드린다.

심사위원_나희덕·문태준·박형준 시인

애도

이희수

1967년 경상남도 진주시 출생
경상국립대학교 국어교육과 졸업
2025년 『부산일보 신춘문예』 시 부문 당선

darimiamom@naver.com

애도

거대한 알이 깨지고 흰자처럼
달이 흘러나왔다 어둠이 왔다

여자는 폐건전지를 투명하고 긴 통에 모은다 위험한 유
리 기둥이 나타난다 고요로 쌓은 돌무덤과 따로 함께였다
가 함께 혼자인 구석이 생겨난다 주석이 본문보다 더 긴 하
루이다 분리 수거를 마친

여자는 댓글을 읽는다 잘근잘근 씹으며 누군가를 죽이
는 잔뜩 벌린 입이 있다 냉장고 문 손잡이를 잡고 여자는
가만히 얼어붙는다 쥐도 새도 모르게 누군가 죽어가는 꾸
욱 다문 입이 있다 거대한 얼음이 냉장고에서 걸어나와 빙
수 기계에 올라앉는다 뼛가루가 수북해질 때까지 돌리고
돌려도 끝끝내 보이지 않는다 어디로 갔을까

여자는 새발뜨기를 한다 새는 오른쪽에서 왼쪽으로 발
자국을 찍고 시접은 왼쪽에서 오른쪽으로 닫힌다 옷감은
희고 발자국은 푸르다 끝단이 닫히고 쌀무더기에 새발자국
이 찍힌다 바느질을 끝낸

여자는 부러진 손톱을 금 간 식탁 유리에 올려놓는다 추억을 새기듯 꽃물을 들여도 길어난 시간은 잘려 나간다 손톱을 깎는 동안 곰팡이가 빵을 먹어버린다 좋은 빵인 줄 알게 된 순간 버려야 할 빵이 된다 좋은 사람일지 모른다는 예감은 둘 사이에 균열이 생기고 난 뒤에야 찾아온다 여자는 식탁 유리를 갈기로 한다 차가운

유리 기둥 안에 장기를 기증한 시신이
들어 있다 제대로 버리는 일이 남았다

수제비

날마다 살을 뜯어먹고 산다 비 오는
날엔 남의 살 아닌 제 살을 파먹고 산다

때린 사람은 없는데 여러 대 얻어터진
사내의 귓불이 골병든 골목에 뚝뚝 떨어진다

찌그러진 냄비에 미역귀와 불두화를 넣고
아내는 육수를 우린다 냄비 안에서는

사내와 아내와 아이가 놀러간 유원지에
오백나한으로 둘러서 있는 칸나꽃이

한 잎 한 잎 얇게 떠오른다 냄비 밖에서는
가로등이 불빛을 고양이가 교성을

부풀리고 있다 통통배를 탄 아이는
꿈속에서 인공호를 가로지르고 꿈 밖에선

사내와 아내가 퉁퉁 불은 꽃잎을

크게 한입 베어 물고 있다 가랑비에

골목이 수줍게 물렁해진다 길고양이가
골목 뜯어내기에 가담한다

몬스테라 아단소니 오블리쿠아

처음엔 한 마리였어 최초의 벌레는 비오는 날 태어났지 좌청룡우백호 아닌 후화장터전마구간에 자리한 국민학교, 육학년이 일학년을 업어 주는 날 난 업히지 못했어 잔뜩 기대했는데 업히지 못했어 쓸데없이 큰 키 때문에 업히지 못했어 흙물이 신과 옷을 흠뻑 갉아먹었어

예쁜 옷 아껴둔 옷은 왜 그리 빨리 줄어들까 누에 닮은 그 벌레는 빨리 자랐고 나는 느리게 자라고 싶었어 빨리빨리 자라야지 어서어서 자라서 살림밑천이 되어야지 실밥 터진 옷은 껍질처럼 벗겨지고 나는 물만 먹어도 키가 커 버렸어

다정한 척 다닥다닥 붙어있는 하꼬방, 어른 눈높이에 창이 하나씩 뚫려있었어 너덜너덜 벌레에 잡아먹히는데 특이하다고 세다고 용케 살아있다고 신기하다고 구멍에 손을 넣어보고는 별 거 없네라고들 했어 간혹 구멍을 못 보고 꽃을 들고 오는 사람도 있었지만 들키기 전에 도망쳤어

입으로 지은 집을 빠져나오면서 기억해냈어 무언가를

열심히 파먹었음을 먹은 만큼 싼 똥을 별똥이라 우겼음을
본능에 이끌려 교미하고 알 육백육십육 개를 겹치지 않게
까면서 생각했어 구멍은 점점 벌어지고 있는 걸까 조금씩
줄어들고 있는 걸까, 구멍을 어디에 숨겨두고들 살까

이제 시인으로 마음껏 울겠습니다

만남과 이별을 끊임없이 반복하지만 만남도 이별도 늘 낯설고 어렵기만 합니다. 사람과 사람, 사람과 사물 사이의 만남과 이별. 저의 시 쓰기는 제대로 잘 이별하기 위한 연습일지도 모릅니다.

교직에서 물러난 저에게 대학 동기인 소설가 강미가 모과 두 덩이를 건네며 '시 쓰시오'라고 했습니다. 용기를 낼 수 있었던 데는 프루스트의 '잃어버린 시간을 찾아서'도 한몫했습니다. '나의 광산에서 광석을 채굴할 수 있는 유일한 사람이 나이므로.' 중앙대 문예창작전문가과정에 입문하여 일주일의 반은 서울에서 반은 진주에서 지냈습니다. 비록 한 학기밖에 다니지 못했지만 서울과 진주를 오가는 그 길이 저에게는 시 그 자체였습니다. 큰 가르침 주신 선생님들과 그리운 문우님들 감사합니다. 사십여 년 이어진 아버지에 대한 애도를 이제야 제대로 마무리할 수 있게 해주신 심사위원분들과 부산일보사에 깊이 감사드립니다. 마음껏 울어보라고 시인이라는 이름표를 달아주신 그 믿음에 보답할 수 있도록 쓰고 또 쓰겠습니다.

저는 심약하고 소심하여 사는 게 대체로 심심한 편이지만 시만큼은 다채롭고 담대하게 쓰고 싶습니다. 저의 꿈을 존중하고 지원해주는 남편, 내 인생의 보물 민창, 민수와 서영, 민석, 호정, 늘 믿고 아껴 주시는 아버님과 어머님, 걱정이 마를 날 없으신 어머니, 응원과 격려를 아끼지 않는 시누이 부부와 시동생 부부, 그리고 친애하는 동생들에게 감사와 사랑을 전합니다. 봄 햇살 같은 친구 다남과 저의 시의 광맥에 섞여있을, 그토록 난해하고 오묘한 라캉을 오랜 기간 함께 읽어내고 있는 목요심심 선생님들 고맙습니다.

읽고 쓰고 읽고 쓰고 무한 반복할 수 있었던 것은 오로지 조민 시인님, 권영란 시인님, 모영화 시인님 덕분입니다. 앞으로도 만남과 이별을 반복하면서 보석 같은 시를 캐는 시인이 되겠습니다. 그 보석이 위로와 공감을 불러올 수 있기를 감히 바라봅니다.

사랑을 폐기할 때는 애도가 필요한 세상

　잘 쓴 시들이 참 많다는 생각으로 원고를 넘기는 동안 마음이 점점 가벼워졌다. 따로 챙기는 원고가 수북했다. 그중에서도 뚜렷하게 변별이 생기고 있었는데 이미 소비된 소재인가, 새로운 소재인가, 하는 지점이었다. 좋은 시를 고르는 기준이 소재의 문제는 절대 아니지만 신춘이라는 무대는 모든 진부함을 벗고 새로움의 얼굴을 드러내는 장이 아닌가. 어쩌면 새로움이라는 말이야말로 진부하지 않은가, 라고 반문할 정도로 우리는 새로움의 정체를 벗기고 싶을 때가 있다. 아무려나 시를 쓰는 사람이 늘어갈수록 시적 언어의 바깥은 지평선처럼 물러서며 또 다른 언어를 채집할 방랑자를 기다리는 것이다.

　가장의 퇴직, 청년실업은 특히 요 몇 년 새에 많이 소비된 소재였다는 점이 새로운 표현들에도 불구하고 어떤 클리셰에 묶여버리는 것이 아쉬웠다. 선자들은 그 점이 가혹하다고 읊조리며 '저 별들은 내가 닦기로 되어 있다'는 가슴 아픈 문장과 이별해야 했다. 우리의 삶이 커다란 '대삼각형'을 그리며 사는 구조라면 더 큰 범위로 확대할 수 있으리라, 믿기로 했다. 실험적이고 모던한 시들도 몇 편 눈에 띄었지만 그 시들이 발표될 지면도 곧 있을 것 같았다.

 '애도' 외 7편의 시를 읽는 시간은 즐겁고도 흥분되었다. '따로 함께였다가 함께 혼자인' 시들을 동봉해 버린 시인의 심정이 흥미로웠고 각 시편들은 혼자서도 좋은 시였다. 존재하는 모든 사람과 사물들에게는 살아 있을 때의 존중과 존엄도 중요하지만 죽음 이후의 애도란 삶과 죽음, 산 자와 죽은 자에 대한 존엄 그 이상이다. 거기서부터 산 자의 삶이 다시 시작되기도 하는 것이다. 모든 사랑을 폐기할 때는 애도가 필요한 세상이기에 그 시의성을 은근히 드러낼 줄 아는 시인의 에둘러가는 마음도 읽혔다. 그렇게 애도할 준비가 안 된 사람들의 구업에 대해서도 멈춰 생각해 볼 수 있는 시였으므로 우리는 당선자에게 진심 어린 축하를 보내기로 한다.

심사위원_조말선·신정민 시인

디스토피아

백아온

1998년 서울 출생
서울예술대학교 문예창작과 졸업
서울예술대학교 미디어창작학부 문예창작전공 졸업
2025 『서울신문 신춘문예』 시 부문 당선

blue_gysophila@naver.com

디스토피아

플라스틱 인간을 사랑했다. 손등을 두드리면 가벼운 소리가 나는. 그는 자신에 대해 말하지 않았고 말할 수 없었다. 그 대신 자기가 피우는 카멜 담배의 낙타가 원래는 이런 모양이 아니었다거나 레몬청을 시지 않게 만드는 법 같은 것들을 말해줬다. 나는 그의 말들을 호리병에 넣어 두었다. 언젠가 그것들로 유리 공예를 하고 싶었다.

매일매일 그를 만나 그의 이야기를 들었다. 그는 말이 많은 사람이 아니었지만, 그의 이야기가 끝나갈 무렵에는 항상 쇼윈도 불이 꺼지고, 조명 상가들도 문을 닫았다. 집에 돌아가면 투명한 호리병을 한참 바라보다 잠이 들곤 했다. 그의 작은 이야기들을 모아둔 호리병을.

그와 있다 보면, 아주 잠깐이지만, 세상이 진짜라고 믿어졌다. 그도 마찬가지였으면 좋겠다고 생각했다. 망가진 두 사람이 서로에 의해 회복되는 우울한 로맨스 영화처럼.

우리 사이에 아이가 태어난다면요, 내가 엄마를 찾아볼게요.

어느 날은 그늘에 있기엔 너무 추웠다. 날씨는 좋았지만 바람이 찼다. 당신도 춥지 않아요? 물어보려던 것을 꾹 삼키고 말았다. 나는 그 공원에서 덜덜 떨며 그가 얘기하는 것을 들었다. 오랜만에 행운목에 물을 주고 왔어요. 행운목은 물을 자주 주지 않아도 잘 살지요. 나는 가만 듣다가

당신은 왜 이렇게 나에게 관심이 없어요? 나라고 아무런 사연도 없는 줄 알아요? 화가 치밀었다. 그동안 그가 자신에 대한 이야기를 한 건 아니었다. 나는 그의 사연이 알고 싶었고, 그 역시 나의 사연에 대해서도 궁금해하길 바랐다. 그늘에서 바깥으로 걸어 나갔고 그는 벤치에 그대로 앉아서 텅 빈 손을 흔들었다.

그를 정면에서 본 것은 처음이었다. 그의 플라스틱 피부에 덧칠된 이목구비와 단 하나의 표정을 보았다.

가까운 미래에 사랑이 있을 거라고 줄곧 생각해왔는데. 지금껏 그와 나 둘 중 누구도, 서로에게 안기지 못했다는 게 믿기지 않았다. 나는 우리가 제조 일자가 쓰인 전구처럼

동시에 빛나고 동시에 꺼지길 바랐다.

　저수지에 가서 호리병을 거꾸로 들고 바닥을 두드렸지
만, 아무것도 나오지 않았다. 깨뜨려보려고 주먹을 쥐었을
때, 어디선가 엄마를 찾는 아이의 목소리가 들렸고 나는 호
리병을 그대로 버려둔 채 바깥으로 달려갔다.

　도망친 곳에는 메시지가 있었다. 그가 폐기되면서 마지
막으로 남긴 것이었다. 내가 가짜였더라도 당신은 적당히
건강하게 지내요. 이따금 사람들과 핑퐁을 치기도 하고. 오
래된 불안과 결핍은 나를 더 아쉽게 할 테니까요. 당신의
이마는 부드러웠어요.

　나는 그가 달아준 몇 줄의 감상과 조용한 꿈들을 기억
하려고 했다.

미술 치료

심리 상담사 앞에서 그림을 그린 적 있다
자꾸 시계만 보는 상담사가 싫어서
자살이 지겨워요
말해버렸다 미지근한 눈으로

울타리를 치웠더니 애인들이 허들 뛰어넘듯 간단히 집
에 들어왔다
조금만 움직여도 발치에서 술병들이 쓰러지는 여기
볼링 치기 딱 좋겠지

내 집은 내 집이 아니고
홀이 공간인지 시간인지 모르겠다 어쨌든
편두통에는 연질 캡슐이 좋다는 것

드레스 코드는 빨강 행운의 색은 검정
걔네는 하나같이 줄무늬 티셔츠를 입고 있었지

나뭇잎 없는 나무를 그리면 우울한 사람
기둥이 얇을수록 유약한 사람

다 알고 그렸다 빨강과 검정으로

엉터리로 붙여 놓은 테이프가 떨어지려 하면
걔네가 다시 자세를 고쳐줬다
목각 인형처럼 그대로 있었다

화분을 망가뜨리고 벽에 오줌을 갈기고 침대에서 담배 피워도 술을 쏟아도
너는 소극적이잖아

어디에 있어도 애매하고 억울해서

우리 아빠가 나의 옛날이야기를 해줄 때가 좋았다 기껏 떠 있는 별이 다섯 개밖에 없는데 넌 별이 많다고 말했어 아빠, 시 쓰면 배고프지? 당연히 배고파 근데 그건 뭘 해도 똑같아 네가 글을 쓰든 뭘 하든 특히나 글 쓰는 건 훨씬 더 배고파

불안할 때는 한 발로 서지 못한다는 얘기

간혹 그 자세가 될 때가 있었는데
감기약에 딸기시럽 타는 거랑 비슷하겠지

내가 듣는 노래, 내가 좋아하는 시집, 내가 배운 나의 본
질, 기질 같은 것들
걔네가 너 그거 알아? 물을 때
네가 그걸 안다고? 되물을 때

나는 연질 캡슐을 씹었다
불량 식품 광고는 왜 세상에 없을까
이렇게 맛있는데

왜 해체된 밴드 좋아해? 그게 요즘 멋이야?
너 같은 애 도대체 이해할 수 없다고
그러다가도 갑자기 다정하게 굴었다

얼굴은 없고 줄무늬가 왔다가 또 가고 왔다가 또 갔다
어지러운 줄무늬들
괜히 빨강 검정 크레파스 골랐다 생각했어

헤프게 웃었고 브래지어는 낡았고 취향도 마이너하고 하필이면 그날이더라

그렇게 전해 들었고
다음날 아빠가 아팠다

나는 빨강 검정 좋아했는데 너희가 자꾸 담을 넘잖아

애인들은 아카시아 향 페브리즈를 꼭 쥐고 있었다
나갈 땐 껌도 씹었다

스케치북 맨 밑에 점 하나 남긴 건
아무도 몰랐으면 좋겠다
거기가 내 집이니까

여고에서, 여름

여름은 액자에 갇힌 새. 나의 새는 높고 낮은 비행도 없었다. 무탈했었나? 그 새는. 여고의 한심한 애들은 교실 창밖으로 모스부호 같은 쪽지를 접어 날렸다. '여기 긴 머리 여자애들 사이에 바바리 맨이 숨어 있어요' 라거나 훔친 전화번호와 가명을 쓰고 '연락 주세요, 싱싱합니다' 하기도 했다. 교문 앞에서 엎드려 뻗친 애들 보고 코웃음 칠 때가 가장 좋았다. 해가 쨍쨍한 5교시. 새를 잘 아는 생물 선생님은 정교한 해부를 가르쳤고. "잘 봐, 이게 새의 심장이다." 눈이 휘둥그레진 애들은 다음날 있었던 백일장에서 한 명도 빠짐없이 그토록 아름답고 불쌍한 생물에 대해 썼다. 난 시인이 되고 싶었지만, 사람을 싫어해도 시인이 될 수 있나? 그렇게 한 글자도 쓰지 못하고 끝나버린 백일장. 여자애들이 더위에 하나, 둘 엎드려 잘 때. 치마 속에 몰래 감춰둔 나의 새가 빽 울어버릴까 봐 조심스레 쓰다듬었다. 생물 시간 이후로 내 배를 가르는 장면을 자꾸 상상했고. 그 장면에선 어쩐지 씀바귀 향이 나는 것 같았다. 여름의 심장도 빨갛게 부풀어 있을까? 어쨌거나 새를 들키면 안 될 것 같아. 헐거운 날들을 이쪽으로 힘껏 당겼다. 도망치려고 페달을 밟았을 때 자전거 뒷바퀴에 보기 좋게 걸려

버린 여름… 새…. 액자 속에서 풍경을 뒤바꾸며 자라던 새는 어느덧 침울한 내 표정과 묘하게 닮아 있었다. 반투명한 유리면 위로 일렁이는 내 여름의 눈동자. 나는 열아홉의 액자를 뒤로, 또 뒤로 감추는 수상하고 상냥한 사람이되어가는 중이었다.

사랑을 이해하려 계속 썼습니다

　단지 사랑하려고 했을 뿐인데 함부로 사랑한 일이 되는 때가 많았다. 쓰러져가는 주변을 너무 많이 목격하고서 나는 함부로를 멈추고 싶었다. 멈추려 할 때마다 헐거워졌고 생명의 전화는 연결 중이었으며 수많은 사랑은 빈집의 나를 구하러 왔다. 또다시 함부로를 저지르는 사람이 되었다가 용서받고 싶은 사람이 되기를 반복했다. 그러니까 훼손되지 않는 맑은 슬픔이 나를 이끌어줬다는 이야기. 운동화 끈을 꽉 묶은 채로 걸었다. 때때로 비틀거렸지만. 내 사랑이 그곳에 닿으려면 어떤 속도와 무게가 안전한지, 속눈썹에 맺힌 얼음을 떼어주는 게 좋은지, 흔들리는 어깨를 잠시 도닥여줘도 괜찮은지. 사랑을 이해하려고 계속 썼다. 나는 구체적이고 적극적으로 곁들을 사랑한다. 당선 전화를 받고서 소중한 이들에게 소식을 알렸다. 모두가 나 대신 울어주고 있었다. 내리는 눈을 맞으며 사랑하는 것을 품에 가득 안은 사람처럼 뜨거워졌다. 다음 생에도 사랑을 가르쳐줘, 엄마, 아빠. 용감해질게, 이모. 시작을 선물한 가족들. 하나뿐인 강아지, 망고. 오직 우리 두 사람, 정우. 명랑함은 너의 오랜 무기가 되어, 백아. 어려운 시절의 나무들, 주아, 재경, 선영. 봄날 여고에서, 주형, 경하. 넘치는 언어로

혜원, 선우, 송이, 채령. 아픔을 덮는 다정으로, 영은. 열아홉의 애틋한 마음가짐 정화, 채연, 재연, 찬연. 너희와 오래 웃고만 싶어, 수연, 경은, 서현. 가까이에서 만나, 유진, 영재. 반짝이는 친구들아, 수빈, 본진, 재인, 주혁, 세은, 채은, 예상, 윤경, 선경, 주빈, 하주. 존경하는 배정원, 이원, 강성은, 하재연, 윤은성, 윤성희 선생님. 그리고 저를 호명해주신 세 분의 심사위원님들께 감사합니다.

안정적 전개·시의성 있는 소재 빛나

 이번 신춘문예에는 예년보다 많은 작품이 투고된 만큼 눈여겨볼 좋은 작품이 많았다. 다만 예년과 달리 기후 위기나 전쟁 등 기존 투고작들에서 자주 보이던 시의성 있는 주제를 다루는 작품이 줄어들었으며 일상적이고 사소한 것을 다루는 내면의 이야기가 주조를 이루고 있었기에 오늘날 우리가 실감하는 세계가 그만큼 줄어든 것은 아닌지 우려되기도 했다. 그러한 가운데 영상이나 텍스트를 경유하는 간접적 체험을 다루거나 인공지능(AI)이나 게임적 상상력을 소재로 하는 작품이 늘어났다는 점도 특기할 만하다. 오늘날 문학이 다뤄야 할 이야기는 무엇인지, 그리고 우리는 문학을 통해 어떤 질문을 던져야만 하는지 이런 고민을 안은 채 심사를 진행했다.

 본심에 올라온 작품들 가운데 네 명의 작품을 집중적으로 살펴봤다. '운동 상태 유지' 외 2편은 표제작이 특히 인상적이었다. 버려진 피아노를 소재 삼아 사물을 다양한 방식으로 살피고 접촉하며 어긋난 운동을 유지하는 과정이 흥미로웠으나 결국 이 이야기가 설명으로 그쳐 버린다는 점이 지적됐다. '디오라마' 외 4편은 사물과 시적 주체를 끊임없이 이동시키며 의미를 지연하려는 듯한 말하기 방식이 개성적으로 여겨졌다. 다만 투고작 중 일부가 지나치게 늘어져 긴장감이 떨어지는 점이 아쉬웠다. '마주 보는 구조의 전시장' 외 2편은 매력적인 상상력 덕에 읽는 즐거움이 있었다. 다만 작품의 씨앗이 된 상상력이 확장되거나 전개되는 대신 멀지 않은 자리에 주저앉은 채로 있어 모처럼의 좋은 소재가 충분히 가능성을 펼치지 못했다는 인상을 줬다.

당선작으로는 백아온씨의 '디스토피아'를 선정했다. 안정감 있는 전개와 시의성 있는 소재 선정 등 실력이 가장 돋보였기에 당선작을 합의하는 데 오랜 시간이 걸리지 않았다. '플라스틱 인간'과의 사랑이란 사랑이 불가능한 이 시대의 은유이자 사랑을 꿈꾸는 결연한 다짐이기도 할 터이다. 이 시가 그리는 '디스토피아'야말로 지금 우리가 마주하고 있는 사랑의 모습이리라. 절망하는 대신 조용히 이 세계를 기억하고 재현하려는 시적 주체의 태도에 믿음이 갔다. 앞으로도 그 결연함으로 시와 더불어 나아가시길 바란다.

전에 없는 하 수상한 시절을 보내는 지금이야말로 더 나은 세계를 꿈꾸는 장치인 문학이 그 역할을 다해야 할 것이라 믿는다. 이번 심사를 진행하며 그러한 믿음을 가진 이가 나뿐만은 아니라는 사실을 알 수 있어 기뻤다. 문학은 나의 꿈을 당신에게 맡기는 일이자 당신의 꿈을 이어받는 일이기도 할 터이다. 귀한 작품을 투고한 모든 분께 깊은 감사와 응원의 마음을 전한다.

심사위원_나희덕·이병률·황인찬

예의

최경민

1995년 서울 출생
서울대학교 국어국문학과 졸업
2025년 『세계일보 신춘문예』 시 부문 당선

chlvur@naver.com

예의

옆자리가 그랬다
살아있으면 유기동물 구조협회구요
죽어있으면 청소업체예요

나도 알고 있다
지금 나가면
누울 자리를 뺏긴다는 걸

그래도 가야 한다
새벽에 하는 연민을
이해하지 못하면서

반대편은 견딜 수 없을 만큼 불쌍했다고 말했다

불행히도 고양이는
새벽에 일어난 우리들보다
조금 더 불쌍하다

그래도

다 보고 올까요

죽어있는 것도

살아있는 것도

우리는 그러기로 했다

관할구역 끝까지 갔다

사실은 좋아하지 않는 걸 하는 게

기본 예의가 아닐까

생각하면서

유전

목이 너무 길면
부러뜨려야 해
비닐백에 넣으면서
사수가 말했다

가끔은 아래가 비어있었다
구멍 밖으로 다른 눈동자가 보이고
빈 공간은 빛으로 채워져 있다

트렁크 속에 있을 거야
한나절 동안
사수는 운전을 멈추지 않는다

차가 움찔거릴 때마다
나뭇가지가 함정처럼
차 위로 쏟아진다

새는 효모처럼 작고 부드럽다
균계에 속하는 미생물로 분열한다

눈동자 같은 거품을 내뱉고 있다

어떤 것들은 살아서 온다
너무 긴 목을 부러뜨리면서

사수는 내 눈 속을 본다
이렇게 하는 거야
사수가 빛을 건넨다
목을 늘어뜨린 채로.

주말농장

한 가지에만 집중하셔야 해요 선배님

우리는 토마토를 땄다
벌레를 긁어내기도 했다
휴지는 풀밭 위로 던져버렸고

선배님은 토마토밭 근처에서 멧돼지 방지용 덫을 보여
주었다 누르면 발목을 조이는 방식이었다 멧돼지만 막는
건 아닌 거 같아요 선배님은 말이 없었고 굳이 말이란 게
있어야 할까 경고판을 놓아도 사람들은 뿌리째 가져가는데
남아있는 게 없는 표정으로 다시 흙을 덮었고

나는 잠시 직업을 잊어보았다

강변엔 사람이 참 많았었죠
가수가 왔다고 했었는데
조금만 더 가보면 안 되냐고 그랬는데
하나도 들어주지 않았어요
그게 문제였을까요

사무실 바닥은 토마토 줄기처럼 어지러웠다

병원까지는 얼마나 걸릴까요

선배님은 말이 없었고

반쯤 자란 나무를

쓰다듬고 있었다

긁어내서

없애려는 것 같았다

"민원 현장 그려내…
일상, 詩 내부로 들어와"

시를 쓰는 일이 절박하지 않아졌을 때 응답을 받았다는 기분이 들었다. 시가 다만 일상의 한 부분이 되는 것. 시를 무엇보다 우선했던 순간들이 빚었던 과잉들이 씻겨나가고 쓰는 행위만 남았을 때, 일상의 다른 부분들이 시의 내부로 들어올 수 있었다.

'예의'를 쓰던 당시에 나는 주변 동료들로부터 수많은 민원의 사례들을 들었다. 그 사건들로 비롯된, 채 지면에 적을 수 없는 감정들을 소화해야만 했다. '예의' 외 수록된 다른 작품들에서도 마찬가지의 과정이 있었다. 나는 일상에서 현장들을 맞닥뜨리고 그것들을 적어 보여주는 일에 몰두했던 것 같다. 시의 내부로 들어오는 생활을 밀어내지 않았다. 시 쓰기의 내부에 갇혀 있을 때의 고통으로 돌아가지 않았다. 그것은 필요한 일이었지만 반드시 그래야만 했던 것은 아니었다. 중요한 일들은 아침에 눈을 쓸어내는 일, 식탁 위에서 맥주를 마시는 일, 소파에 누워 평소보다 일찍 눈을 감는 일. 시 쓰기는 이들 사이 어딘가를 횡단하고 있을 뿐이다. 시의 무게가 가벼워질 수 있어서 나는 오래 시를 쓸 수 있었다.

　제 시의 가능성을 알아봐 주시고 기본기를 다듬어 주셨던 권박 선생님, 대학 생활을 이끌어주셨던 방민호 선생님께 감사를 표합니다. 또한 나의 문학 생활을 함께 해주었던 대학 친구들, 이 지면에 밝힐 수 없는 영감의 원천이 되어주었던 많은 사람들에게 감사를 전합니다. 이름을 다 밝혀 적지 않더라도 나의 정신은 이들로부터 만들어졌음을 알고 있으리라 믿습니다.

　뒤에서 응원해 주었던 가족들 고맙고 사랑합니다. 또 무엇보다 내가 다시 시를 쓸 수 있게 해주었고, 가장 가까운 곳에서 내가 무너지지 않도록 도와주었던 아내 수진에게 사랑하는 마음을 전합니다. 내가 하는 모든 일은 당신에게서 비롯되었습니다.

　그리고 제 작품을 선택해 주신 심사위원분들께도 감사의 말씀을 드립니다. 앞으로도 살아가는 일과 시 쓰는 일을 함께 해나가겠습니다.

"삶의 양면성 모두 품으려는
의지 담은 명편"

2025년 세계일보 신춘문예 시 부문에는 많은 작품이 투고되었다. 예심을 거쳐 올라온 작품들은 저마다 구체적 경험과 언어를 특권으로 삼고 있었다. 참신한 발상과 언어에 정성을 기울인 시편들이 다가왔고, 그 가운데 시상의 완결성과 시인으로서의 삶을 이끌어갈 가능성을 갖춘 최경민씨의 '예의'가 당선작으로 선정되었다.

'예의'는 짧은 분량에도 불구하고 삶의 양면성 가운데 어느 것도 소홀치 않게 대하려는 의지를 보여준 명편이다. 삶과 죽음의 현상 모두를 껴안고, 그 경계를 넘어, 모두 다 품고 넘어서는 것이 삶에 대한 예의임을 시인은 말한다. 이해하지 못하는 연민에도 불구하고 한없이 나아가고, 좋아하지 않는 것을 하면서도 끝까지 가보는 것은, 스스로와 타인을 동시에 향하는 예의일 것이다. 행간마다 큰 공간을 유지하면서 그 안으로 삶을 향한 특유의 연민과 의지, 인내와 애호를 놓지 않으려는 마음을 단단하게 들려준 시편이다. 앞으로 훨씬 더 좋은 작품을 써갈 잠재적 역량을 구비하고 있는 시인이라고 판단해 본다. 더불어 '상어에게 지느

러미 달기'와 '유리 식탁'이 최종적으로 거론되었는데, 비교적 익숙한 어법과 소재로 인한 참신성 부족이 크나큰 아쉬움을 주었다. 이 밖에도 자신만의 사유와 감각을 개성적으로 구축한 시편들이 많았음을 부기하고자 한다. 당선자에게 커다란 축하의 말씀을 드리고, 응모자 여러분께는 힘찬 정진을 당부 드린다.

심사위원_안도현·유성호

■ 조선일보 | 시

아름다운 눈사람

이수빈

2004년 서울 출생
고양예술고등학교 문예창작과 졸업
추계예술대학교 문예창작과 2학년 재학 중
2025년 『조선일보 신춘문예』 시 부문 당선

beankind@naver.com

아름다운 눈사람

　선생님이 급하게 교무실 이곳저곳을 돌아다니신다 나는 두 손을 내민다 선생님이 장갑을 끼워주신다 목장갑 위에 비닐장갑을 끼우고 실핀으로 단단히 고정해주신다 나는 손을 쥐었다 편다 부스럭 소리가 난다 마음 편히 놀아 선생님이 말씀하신다

　운동장 위로 얇게 쌓인 눈 새하얗고 둥글어야 해 아이들이 말한다 눈을 아무리 세게 쥐어도 뭉쳐지지 않고 흩어진다 작은 바람에 쉽게 날아간다 흙덩이 같은 눈덩이를 안고 있는 아이들 드러누워 눈을 감고 입을 벌리는 아이들 나는 조심스럽게 눈을 다룬다 개를 쓰다듬듯 품에 안은 채 몇 번이고 어루만진다 눈덩이가 매끈하고 단단해진다 아주 새하얗고 둥근 모양의 완벽한 눈덩이를 갖는다

　눈덩이가 내 품속에 있어서 나는 세상을 다 가진 것 같고 그 세상이 아름다운 것도 같고 서툴지 않은 피아노 연주 소리가 들려오는 것 같기도 한데

　하고 있던 목도리를 푼다 모자를 벗는다 장갑은 잘 벗겨

지지 않는다 내 눈사람은 너무 잘 챙겨입어서 더 이상 눈사람 같지 않다 주위를 둘러보니 아이들은 교실로 돌아가고 없다 밟히고 파헤쳐져 더 이상 하얗지 않은 운동장을 본다

선생님 제 눈사람이 가장 새하얗고 둥글어요 그리고 또 커요 나는 말하고 선생님은 오랫동안 내 눈사람을 바라보신다 어찌할 수 없어서 울고 싶은 듯한 표정으로 선생님이 서 계신다 나는 선생님을 이해할 수 없지만 같이 울상이 된다 이 순간을 지워버리려는 듯이 하늘에서 눈이 펑펑 내린다

이별 요리

흐르는 물에 감자를 씻으면서

너를 생각한다

감자는 생각보다 크고 생각보다 단단하며
어떤 요리에 들어가도 이상하지 않다

네가 지금 어떻게 살고 있는지
나는 모른다
아침 일찍 산책하는 걸 중요하게 여기는 사람이었지만
지금은 저녁이고

너를 생각하는 동안 나는
멋있는 사람이 될 수 없다면 웃긴 사람이 되겠다고 다
짐했다가
웃긴 사람이 될 수 없다면 친절한 사람이 되겠다고 다
짐했다가
전부 다 되지 못해서 슬픈 사람이 되었다

감자에 묻어 있던 흙이 다 쓸려나간다
그러면 감자는 매끈하고 조금 더 무거워진다

그러니까 딱 이만큼
이만큼이 내가 알고 있는 사실

물줄기를 맞고도 남아 있는 감자를 멍하니 보고 있는데
엄마가 그것을 낚아채 가 이리저리 썰어버린다

고작 감자를 써는데 왜 저렇게 크고 무거운 칼이 필요
한 건지
이해할 수 없지만

감자를 넣으면 싱거워지는 거지? 내가 말하고
달아지는 거지 엄마가 말한다

풍덩풍덩 붉은 국물 속으로 감자가 빠진다

왜 감자를 보고 너를 떠올렸는지 모를 일이다

그러나 일어난 일을 일어나지 않았다고 말할 순 없는
것이다

갈 길 잃은 손에서 물이 뚝뚝 떨어진다
흐르는 물에서 고이는 물이 된다

뚜껑을 올리지도 않았는데 냄비가 무서운 소리를 내며
끓어오른다
나는 슬픈 사람의 자리에서도 밀려난다

단잠

구해줘

꿈에서 깼다 그 애였다 누군가 그 애를 끌고 가고 있었다 그 애는 바닥에 엎어져 내 이름을 애타게 불렀다 머리 위의 창문에서 어스름한 빛이 들어온다

구해줘서 고마워

다시 잠들자 그 애가 말했다 그 애는 쫄딱 젖어 있었고 눈가가 벌겠지만 나를 바라보는 눈빛에는 흔들림이 없었다 나는 어디서 난 건지 모를 수건을 건네고 어디서 난 건지 모를 차를 끌어 그 애를 집 앞에 데려다주고

그 애는 내가 기억하는 것보다 어려 보였다 나는 그 애를 거의 내려다보았다 점점 새하얘지는 그 애 온몸에 있던 자잘한 생채기들도 어느새 보이지 않고
그 애가 가지 않았으면 좋겠다고 생각하자 어두웠던 하늘이 맑게 개었다 길거리의 사람들이 순간 사라졌다가 다시 나타났다

한강 다리에서 만나

만나러 가는 길에 또 꿈에서 깼다 전화가 오고 있다 왜 출근하지 않으세요 다들 화가 많이 났어요 지금이라도 빨리 와요 하지만 용서받기는 어려울 거예요

나는 계속 달렸다 꿈속에서는 아프지 않아서 계속 그 애에 대해 생각했다 생각을 더 이상 할 수 없을 때까지 생각을 하려고 그 애와 하지 않은 일도 전부 그 애와 한 일로 기억하려고

동물원과 도서관과 레스토랑과 병원과 반지하를 지나
물속에서 불 속에서 땅속에서 동굴 속에서 살아남고

그 애와 함께 광활한 초원을 걸었다
어딘가에서 문을 두드리는 소리가 자꾸만 들려온다

햇빛을 피해 꿈틀거리는 지렁이처럼
나는 몸을 웅크린다

수많은 손이 날 다독이며
'잘 쓰고 있어' 말해준 기분

고등학교 수업 시간에 수업을 듣는 대신 몰래 시집을 읽곤 했다. 어느 날은 읽고 있던 시집이 너무 좋아서, 페이지를 넘기는 것이 아쉬워 눈물이 고였던 적이 있다. 그때 교실에 두근대던 내 심장 소리가 종소리보다 크게 울려 퍼졌다. 그 순간이 지금 나를 여기까지 데려다 놓은 것 같다.

나는 아직도 좋은 시가 무엇인지, 시를 쓰는 일이 내게 무슨 의미가 있는지에 대해 멋있게 설명할 수 없다. 그러나 내가 시를 사랑한다고는 자신 있게 말할 수 있다. 하루에 백 편이 넘는 시를 읽어도 지치지 않는다고, 단 한 순간도 시를 쓰는 일이 지겨웠던 적 없었다고 말할 수 있다.

그것만으로 충분하다고 말해준 사람들에게 감사 인사를 전한다.

나 글 쓰고 싶어. 그 한마디에 지원을 아끼지 않은 엄마 아빠에게 고마워. 내가 이뤄낸 게 아니라 우리가 함께 이뤄낸 거라고 믿어. 서로가 서로의 팬이었던 스터디 사람들,

전부 다 잘될 거야. 언제나 내 가장 큰 힘이 되어주었던 고양예고 15기 친구들아, 너희의 사랑이 나를 키워냈어. 내 가장 오랜 친구 정연이 가연이 그리고 민정이, 자기 일처럼 기뻐해 주었던 승주 언니, 정말 사랑해.

저를 가르쳐주신 모든 선생님, 교수님께 마음 깊이 감사드립니다. 무엇보다 제가 시를 사랑할 수 있도록 만들어 주신 김기형 선생님, 저를 믿어주시고 아껴주신 유계영 선생님께 감사드립니다. 제게 좋은 선생님이 되어주신 오양진 교수님, 언제나 마음 써주시고 제가 더 재밌게 시를 쓸 수 있도록 도와주신 김언 교수님, 정말 감사해요. 앞으로도 잘 부탁드려요.

부족한 제게 기회를 주신 심사위원님들께도 정말 감사합니다. 앞으로 온 마음, 온몸으로 쓰겠습니다. 지켜봐 주세요.

기적이 일어났다고밖에 표현을 못 하겠다. 수많은 손이 내 어깨를 두드리며 '잘 쓰고 있어'라고 말해주는 기분이다.

　마침내 사랑이 눈에 보이는 것만 같다. 이 사랑에 끝까지 충실하고 싶다.

시단에 신선한 바람 불어넣을
'감각의 사용' 갖춰

시는 구르고, 잠시 멈추고, 다시 움직인다. 시장과 광장, 평원과 대양(大洋)과 우주로 나아간다. 사람들의 말 속에 들어 있고, 뿌리와 내일의 새잎, 발톱과 단단한 근육에 깃들어 있다가 시의 바퀴는 구동한다. 시는 모든 곳에 있고, 도달하지 못할 곳 또한 없다. 시인은 이 시적 에너지를 자유롭게 풀어놓고, 때로는 붙들어 앉히느라 매 순간 아픈 사투를 벌인다. 우리가 시를 읽으며 기대하는 것은 솟구치는 힘과 고요한 정려(精慮)가 교차하는 특별한 경험이다. 그러나 시는 헤쳐가며 구르는 것이어서 기저가 없어서는 안 될 일이다. 그 기저는 관계의 접면(接面)이라고 할 수 있고, 기저로 인해 시적 비전이 제시될 수 있다.

본심에 올라온 열한 분의 작품을 세심하게 읽었고, 최종적으로 숙의한 작품은 「주머니 자라기」, 「중력」, 「아름다운 눈사람」이었다. 「주머니 자라기」는 '나'를 구성하는 것의 내용을 감각적인 표현을 통해 상술했다. 시적 화자가 키우고, 모으는 것의 목록을 제시했다. 그것들은 대체로 불완전한, 멀쩡하지 않은 것이었는데, 이 구성물들이 내포하거나 환기하는 것이 다소 모호했다. 「중력」은 소리에 예민하게 반응한 시였다. 시행 곳곳에 묻어둔, 곧 터질 굉음은 마치 묵시록적 느낌을 무겁게 줬고, 현실에서 끄집어낸 시의 언어는 매우 힘이 있었다. 아쉬운 점은 공간의 이동이 눈에 띄게 계획되고 짜여 있다는 것이었다.

「아름다운 눈사람」을 당선작으로 결정하는 데에 의견을 모았다. 이 시는 풍요로운 서정이 돋보였다. 시의 보행(步行)이 차분하면서도 감각의 사용이 단순하지 않았다. 하얀 눈과 둥글고 큰 눈사람이 상징하는 것은 순백과 순수의 세계임을 어렵지 않게 이해할 수 있었다. 이 시의 매력은 운동장에, 즉 교실 바깥에 펼쳐져 있거나 세워져 있는 그 세계가 다가올 미래의 시간에 곧 짓밟히고, 녹아내려 울상을 보이며 사라지게 될 것이라는 암담한 예감에 있었다. 어떤 막막함과 뭉클한 슬픔이 길게 여운으로 남는 시였다. 미성(美聲)을 잃지 않고, 시심을 잘 지니고 키워서 우리 시단에 신선한 바람을 계속 불어넣어 주길 고대한다. 당선을 축하한다.

심사위원_정끝별·문태준 시인

가담

박연

1998년 서울 출생
서울예술대학교 문예창작과 졸업
미디어창작학부 졸업 예정
2025년『한국일보 신춘문예』시 부문 당선

n1ania@naver.com

가담

우, 너는 언젠가 영가들은 창문으로 다닌다는 말을 했지. 그 뒤로 밤이 되면 커튼을 쳐두었다. 낯선 영가가 갑자기 어깨를 두드릴까 봐.

두려운 일은 왜 매일 새롭게 생겨날까. 가자지구에서 죽어가고 있는 사람들. 소년들은 처음 보는 사람을 쏘았겠지. 총알이 통과한 어린 이마와 심장. 고구마 줄기 무침 먹으면서 봤다. 전쟁을 멈추지 않는 나이 든 얼굴들.

산 사람이 죽은 사람을 빌미로 이익을 얻으려 한다는 말을 들었어. 맨발로 거리를 걷고 싶다. 너는 내가 추워할 때 입김을 불어줄 테지. 거리에서

나무를 보호하기 위해 입혀 둔 스웨터를 보자. 보라색 바탕에 웃는 얼굴이 수놓아져 있던 스웨터를 기억해? 표정이 어딘지 모르게 음흉해서, 음흉이라는 이름을 붙였잖아.

세상에 그런 음흉만 있다면 어떨까. 나무를 따뜻하게 해줄 거라는 속셈이 이 세계에 숨겨진 비밀의 전부라면. 나

는 여전히 좁은 틈 사이로 새어 들어오는 빛을 본다. 그리고 그런 것을 아름답다고 생각하는 스스로를 오래 미워하고 있어.

어디로 걸어야 할까. 방향이란 게 있을까.

어디든 사람을 살리는 쪽으로. 더 많은 숨을 살릴 수 있는 쪽으로. 와중에 스스로를 사라지지 않게 할 수 있다면. 너는 뭐가 아름다운 장면이라고 생각해? 흩날리는 게 눈송이인 줄 알았는데 실은 이웃의 뼈를 태우고 남은 재였던 날?

갚을 것이 없는데도 자꾸만 갚으러 오는 아이들이 즐비했던 문구점
그곳에서 우리는 소란스러운 귀를 훔치는 아이들이었지. 더 이상 훔칠 귀가 없는데도 서성이기를 멈출 수 없는

어째서 세계의 비밀을 듣는 놀이를 즐겼을까
옆 나라의 수장이 계속해서 무기를 사다가 결국 소년들

을 팔아버렸다는 거

　어떤 사람이 죽었다는 사실이 조용히 잊힌다는 것

　말을 아끼는 동안

　너는 산뜻한 손짓으로 엉덩이에 묻은 흙을 털었다

　떠나지 않고 계속해서 넘어지기를 결심한 얼굴이었다

　자꾸 밭은 숨을 쉬게 돼

　우리 심장은 우리의 가슴이 아니라 죽어가는 이들에게

있으니까

　*

　우리의 얼굴을 한 영가가 창문을 두드린다

귀로

죽은 사람들을 생각하면 목이 탔다. 집안 어른의 장례를 마치고 산에서 내려오는 길. 철창에 갇힌 마른 개들에게 가진 물을 주기 위해 다가갔을 때 개들은 철창을 온몸으로 두드렸다.

가진 물을 소진하고 여분의 물을 얻기 위해 돌아보았을 때. 위험해. 화난 목소리가 들려왔다.
입가에서 재가 흐르고 재채기 터져 나오는 정오.

내가 무덤에 가까워지는 것이 아니라 무덤이 내게 가까워진다. 가까워지며 열리고 있다. 눈을 바로 뜨고, 자신의 뼈를 칼로 쥔 영혼을 마주하면 타오르는 칼.

피투성이로 진흙 길을 걸을 때는 죽은 사람을 헤치며 나아가야 했다. 눈송이가 얼굴에 닿아 녹았다. 죽은 사람들의 기억이 눈송이가 되어 내리고 있는지도. 때때로 다발이었다.

뒤덮이는 일은 흐려지는 것과는 달라서. 철창 저편에 쪼

그려 앉아 있는 귀신에게, 일어나세요. 제가 대신 말하겠습니다. 속삭였다.

타오르고 남은 재 속에서 오래전 죽은 사람의 뼛조각을 마주했을 때의 우연함으로.

철조망을 몸에 두르고 행진하는 것이 아닌. 두드리며 살갗을 패이게. 다시 돋아나는 새살에서 흐르는 진물이 썩지 않도록. 천천히 말라가는 방식으로. 아침이 오지 않아도 온다고 믿고. 천진한 믿음에 집중하는 것이 아니라, 믿음이 생겨나고 있는 사건의 가운데를 찾아 나서며

영혼은 없는 몸에 머무른다.

최선의 칼집

안으로 자라나는 칼이었다. 안으로 자라나는 칼을 안고 서 맞서고 있었다. 어느 날 누군가의 눈빛이 누군가의 손짓 이 팔을 들어 올리는 몸짓이 금속으로서 움트기 시작했다. 경연하듯이. 자라나는 동작이 이어지고. 끝내 칼의 형상을 하게 되었을 때. 들어보고자 했으나 들 수 없었다. 어떤 장 면은 지워지지 않고 남아 한 사람을 이룬다. 나는 어떤 방 식으로 베여야 가장 날카로운 상처를 가지는지. 무딘 날에 베인다면 낫는 데 얼마만큼의 시간이 걸리는지. 알게 되자 안으로 희디흰 날들이 쏟아진다. 길을 걸을 때면 앞서가는 사람의 발소리에 맞추어 칼날이 흔들린다. 발돋움하며 머 리카락 휘날리며. 몸 안쪽 깊은 곳에서부터 울려 퍼지는 소 리를 듣는다. 이 춤을 멈출 수가 없다. 죽지 않도록 파고들 었다가 흐를 듯 녹아 고인 흰 날이. 뜨겁게 끓고 있을 때. 변해볼 마음이 있어? 그러자 흰 날은 냄비 안의 죽이 되어 끓어오르다 우묵한 그릇에 담겨 식탁 위에 올라와 있다. 먹 어야 나아, 말하는 목소리가 되어 다시 하얗게 끓어오르는 것을 본다. 목소리가 강이 되어 흐르기 시작한다. 나를 베 지 않는 쪽으로 날을 만들어볼 수 있을까. 칼등 위로 걸어 볼 수 있을까. 칼이 나를 뚫고 나가, 무뎌진 채 멈춰 있다면. 시간이 지나자, 사람들이 아주 커다란 압정인가 봐요.

말하며 튀어나온 날에 시래기 같은 것을 걸어 말리고 있다.

"울고 있는 사람의 곁에, 소리치는 사람의 곁에 있고 싶다"

눈을 꾹꾹 눌러 밟으며 걸었다. 소복이 쌓인 눈 위로, 몇 몇 사람들이 먼저 발자국을 남기고 지나갔다. 발자국을 따라 걸었다. 밟힌 눈은 단단한 얼음이 되어갔다. 몇몇 나뭇 가지가 눈의 무게를 이기지 못하고 떨어진 것 같았다. 나뭇 가지는 눈 속에 파묻혀 있다가, 눈이 얼음이 되어 투명해지 자 모양새를 드러냈다. 나뭇가지는 말랑말랑하다. 나뭇가 지는 휘어진다. 이리저리 휘어질 나를, 부러지더라도 말랑 말랑하게 허물어질 나를 상상했다. 다시 눈을 헤치고 걸을 때는 종아리에 눈이 닿아 차가웠다.

아주 오랫동안, 아름다운 사람이 되고 싶었다. 아름다운 사람이 되는 일은 결백한 사람이 되는 일 같기도 했다. 주 위에 폭력이 만연하고, 우리는 오늘도 몇몇의 죽음을 마주 하게 될 것이다. 그 사이에서 인간은 도저히 결백할 수 없 다. 폭력은 조밀하다. 그런 끔찍함과 공존하는 아름다움이 란 무엇일까. 아름다움은 허상일까. 그러나 한 사람이 타 자를 만나 사랑하는 순간, 함께 살아가기 위해 더 나은 세 계를 만들고자 다짐하는 순간은 아름다움에 가까운 쪽이라는 생각을 한다.

눈송이들은 단단해질 결심을 하고서 하늘에서 내려왔을까? 모르는 자의 이마 위로 떨어져 그를 사랑하게 되고, 녹지 않기 위해 안간힘을 다하게 될 것이라는 걸 알았을까? 눈송이로 이 세상에 온 친구들에게. 너희가 점점 단단해지고 있다는 것. 결국 투명해져, 오랫동안 휘어보고 허물어뜨린 마음을 보여주게 될 것이라는 사실을 말해주고 싶다.

내가 사람이라는 사실을 때때로 되새긴다. 사람은 사랑하는 존재. 사랑하기를 멈추지 않는 존재. 울고 있는 사람의 곁에, 소리치는 사람의 곁에 있고 싶다.

무너지려 할 때마다 옆에서 나를 일으켜 계속 걷게 해준 친구들에게 갚을 수 없는 고마움을 전한다. 친구들의 마음이 오래 간직하며 쓸 빛이 되었다. 바로 보고, 끝까지 쓰는 방법을 알려주신 선생님께 감사드린다. 처음으로 나를 사랑해 준 미복씨, 미복씨를 끝까지 사랑하는 사람이 될게요. 나의 곁 량곤, 환한 밤을 함께 통과하자.

"언어와 사유, 두 축이 팽팽한
뛰어난 기량을 갖춘 시 많았다"

예년보다 응모 편수가 늘었다는 이야기와 함께 건네받은 작품들의 수준이 전반적으로 매우 높았다. 언어와 사유, 두 축이 팽팽한, 그만큼 뛰어난 기량을 갖춘 시들이 많았다. 이 시들이 어디를 어떻게 지시하고 있는지 주의 깊게 살펴야 했다. 아닌 게 아니라 이즈음 세상은 너무도 소요하고 도처에서 참혹한 일들이 벌어지고 있으므로. 시를 쓰는 이라면 누구보다 예민하게 지금-여기를 감지하리라 믿기 때문에.

투고작들에서 발견한 대략의 경향이라면 이런 것이다. 먼저, 시가 점점 더 길어지고 있는 것. 기성의 추세를 수용한 결과인지는 모르겠으나 시적 밀도를 높이고 개성을 확보하기 위한 전략이 꼭 길게 쓰는 것만은 아닐 텐데 하는 아쉬운 생각이 들었다. 내용 면에서는 식물과 동물(주로는 반려동물)을 주요 소재로, 시 쓰기의 행위 자체를 하나의 장치로 채용한 경우가 다수 눈에 띄었다. 스스로를 잉여적 존재로 규정하는 화자, 더불어 자살 혹은 죽음의 징후를 내세우는 경우도 적지 않았다. 기후, 생태, 노동, 그리고 현

정세에 대한 우려 등을 기반으로 공공적 상상력을 펼쳐내는 경우도 있었는데, 유의미한 주제들이 표층적 차원에 그치는 것은 아닌지 고민하게도 되었다.

이런 가운데 '가담' 외 4편은 우리가 발 딛고 살아가는 세계와 사람에 대한 관심을 아주 섬세하게, 진정(眞情) 어린 어조로 그려냄으로써 마음을 끌었다. '가담'은 "두려운 일이 매일 새롭게 일어나는" 속에서도 "계속해서 넘어지기"를 택할지언정 "사람이 죽었다는 사실이 조용히" 잊히도록 내버려두지 않겠다는 선한 의지가 돋보였다. 선량함 자체가 아니라 그 같은 성질을 담담하게 추동해내는 감각이 귀하게 여겨졌다. 자신을 넘어 타자를 향해, 가까운 곳에서 멀리까지 관계의 가능성을 확장해가는 태도와 그것을 지지하는 조밀한 언어에는 특별한 울림이 있었다. 응모한 작품 모두 일정한 완결성을 지니고 있는 점 역시 미더웠다.

마지막까지 함께 논한 작품은 '매미 없이 여름 나기' 외 4편, '생활의 트라이앵글' 외 4편, '혹한기' 외 4편 등이다. '매미 없이 여름 나기' 외 4편은 쓸쓸함의 정서를 그리는

데 있어 각양의 이미지를 능란하게 잇대어 전개한 점이 좋았고, '생활의 트라이앵글' 외 4편은 일상의 사소한 면면을 차분히 들여다보면서 심장한 사유를 길어낸 점이 인상적이었다. '혹한기' 외 4편은 지금 우리 앞에 놓인 여러 거대한 문제를 생활 안으로 들여와 생생하게 풀어낸 점이 탁월했다. 이들 작품을 최종으로 선택하지 못한 데 대해서는 무언가 부족해서라기보다 우선적으로 고려한 가치가 있었다 정도로 말해 두고 싶다. 어느 정도 심사자들의 취향이 작용한 결과일 수도 있겠다. 곧 다른 지면을 통해 기꺼이 만나게 되리라 예상한다.

정성스러운 작품을 보내준 모든 응모자들께 감사를 전하며, 자신만의 보법으로 계속 정진해 가시기를 응원한다.

심사위원_진은영·신해욱·박소란 시인

2025
신춘문예
당선시집

시조

절연

류한월

서울 출생
충북 제천 거주
한양대 경제학과 졸업
전 삼성전자 책임연구원
저서: 그림책『모든 순간, 너였어(도서출판 봄볕)』
2025년『동아일보 신춘문예』시조 부문 당선

ryuhanwol@gmail.com

절연

불꽃이 튄 자리엔 그을음이 남아 있고
뭉쳐진 전선 끝은 서로 등을 돌린 채로
흐르던 저류마저도 구부러져 잠들었다

구리 선을 품에 안은 검은색 피복처럼
한 겹 두 겹 둘러싸는 새까만 침묵으로
철로 된 마음속에서 절연되는 가족들

한 번의 접점으로 미세전류 흐르는데
묻어둔 절연층엔 전하지 못한 말들이
심장의 전압 내리고 가닿는 길 찾으려

내려앉는 시간

홀로 선 단풍잎이 찬바람 마시고는
하늘빛 담은 눈을 아득하게 젖어서
술잔을 기울인 듯이 붉은 말을 건넨다

긴장된 손끝으로 허공을 매만지고
여울지는 시간을 온기로 기억하며
마지막 숨 고른 뒤엔 떠나는 순간이다

계절의 끝자락에 결국엔 머뭇 없다
바닥을 헤아리고 내일을 묻기 위해
자리를 내려놓으며 몸을 땅에 맡긴다

전면 재시공

기초부터 흔들리는 불안한 그대 모습
철근이 부족하고 균열도 가득해서
골조가 휘청거리며 무너질 듯 서있네요

콘크리트 강도보다 허술함이 높은데
전단력* 계산조차 엉터리로 했군요
부실한 내력벽에다 안전도 미달이라

진도 삼 지진에도 폐허가 될 터인데
그대는 재시공을 감수할 수 있나요
철골의 진심을 담아 당신께 청혼합니다

---

* 건축구조물의 부재(기둥, 보 등)를 절단하려는 힘으로, 외부 하중에 의해 각
  단면을 서로 미끄러지게 하려는 성질

누군가에게 빛이 될,
진실한 울림 있는 글 쓰도록 정성

    글은 늘 저를 지켜주는 등불이었고, 저는 그 빛을 따라 걸었습니다. 제게 글쓰기는 자기 수양의 도구이자 벗입니다. 어릴 적부터 마음의 외로움과 무게를 덜어내는 수단이었고, 성인이 되어서는 실용적인 글로 밥벌이를 하는 삶의 한 부분이 되었습니다. 하지만 이성적이고 체계적인 글들 속에서도 문학적 갈망은 끊이지 않았습니다. 이루기 어렵지만 마음속 깊이 숨어 있던 그 열망이 그림책과 운문이라는 새로운 지평에서 결국 현실로 이어졌습니다.

    지난 10월 말, 제가 글을 쓴 첫 그림책이 세상에 나왔습니다. 그즈음 다양한 운문에 관심이 깊어져 시조에 도전했는데, 쓰고 싶은 마음이 앞서 형식도 제대로 파악하지 않은 채 제멋대로 써버렸습니다. 몇 편을 써내고 나서야 종장 첫 음보 3글자라는 기본 형식조차 지키지 않았다는 사실을 깨닫고 홀로 얼굴을 붉히며 부끄러워했던 기억이 납니다.

    형식을 바로잡아 쓴 첫 시조로 신춘문예에 당선되어 놀랍고 감사한 마음입니다. 혼자서 문학의 길을 걸어왔기에 스승과 문우는 없지만, 삶의 여정에서 만난 귀한 분들이 계십니다. 인생의 동반자 류민정, 삼성전자 재직 시절 상사였던 고 박희섭 상무님, 그리고 지난날 미숙했던 저를 감내한 가족과 지인들, 특히 황재선, 김지현, 김우승 형님, 이정규 사장님의 너그러운 이해를 잊지 못합니다. 도서출판 봄볕과 제천문화재단에도 고마운 마음을 전합니다. 마지막으로 신뢰와 격려로 제 작품을 선택해 주신 동아일보사와 심사위원님들께 깊이 감사드립니다.

문학의 길은 끝없는 수련의 여정일 것입니다. 출발은 늦었지만, 더욱 정진하여 우리 문학의 아름다움을 꽃피우는 데 작은 보탬이 되고자 합니다. 겸손한 마음으로 배우며, 진실한 울림이 있는 작품을 쓰기 위해 정성을 다하겠습니다. 이 길의 끝에서 누군가에게 따스한 빛이 되어줄 글 한 조각 남기고 싶은 마음으로.

소통 끊어진 현실에
반성적 통찰 더해 진중한 무게감

　문학이란 활자 위에 진중한 인생의 소회와 사유를 얹어 독자에게 다가가는 작업이다. 그래서 무엇보다 먼저 잘 읽혀야 한다는 것이 심사위원들의 공통된 생각이었다. 아울러 시대에 알맞은 울림을 기대했다.

　올해 투고된 많은 작품 가운데 마지막까지 심도 있는 윤독을 요구한 작품은 '귤꽃 피는 서귀포 바다', '나무는 나비를 묻지 않았다', '시장 골목 국숫집', '호스피스' 그리고 '절연'이었다. '귤꽃 피는 서귀포 바다'는 가독성이 좋은 작품이었다. 그러나 이 시인만의 독특한 개성 면에서 미진한 부분을 간과할 수 없었다.

　'나무는 나비를 묻지 않았다'는 서정성 면에서 단연 돋보였지만 배면에 깔린 시대의 울림이 부족했다. '호스피스'는 번뜩이는 비유와 언어의 섬세함이 돋보였으나 당선작으로 선하기에는 울림 면에서 아쉬운 감이 있었다. '시장 골목 국숫집'은 우리의 지난한 현실을 그려내기에 알맞은 풍경화였다. 가락도 자연스럽고 가독성도 좋은 작품이라 몇 번이나 되읽게 했다. 다만 치열함이나 새로움 면에서는 부족하다고 판단했다.

결국 올해의 행운은 '절연'에 돌아갔다. 끊어진 전선을 모티프로 내면적 소통이 단절되어 가는 작금의 가족 풍경을 절실하게 표현했다. 불안한 정치, 외부 의존도가 높은 경제, 남북 대치 상태에서의 복잡한 국제관계 등이 우리에게 주어진 현실이다. 이런 상황 속에서 이 작품이 환기하는 가족 간의 갈등은 이미 헝클릴 대로 헝클린 우리의 오늘을 보여줌과 동시에 반성적 성찰을 촉구한다는 점에서 진중한 무게감을 느낄 수 있었다. 더 노력하여 우리 시조의 내일을 열어가는 큰 시인이 되길 빈다.

심사위원_이근배·이우걸 시조시인

달을 밀고 가는 휠체어

박락균

고등학교 국어교사 역임
시란 동인 활동 중
2025년 『서울신문 신춘문예』 시조 부문 당선

kpark53@hanmail.net

달을 밀고 가는 휠체어

물비늘 일으킬 때 주저앉는 여름밤
내려온 눈썹달이 당신 뒤를 밀어주면
휠체어 해안선 따라 바퀴가 걸어간다

당신의 마디마디 달의 입김 스며들어
번갈아 끌어주는 밀물과 썰물 사이
눈동자 물결에 멈춰 어둠을 다독인다

바닷가에서 태어나 뭍에서 사는 동안
파도만큼 출렁여 눈 뜨고 산 새벽시장
발자국 병상에 누워 허공을 걷는 어머니

회색양말

    희미해진 오늘은 먹구름이 가득해
    쏟아지는 눈물을 숨기기에 좋은 날
    뒤꿈치 닳은 곳마다 구멍이 태어난다

    발목이 조여 와도 숨 쉬는 하루 일터
    계단이 가파를 때 회색빛 발을 끌고
    말 없는 껍질 속으로 나를 구겨 넣는다

    바닥을 지탱하며 골몰하는 따뜻한 발
    색색의 발자국은 언제쯤 돌아올까
    맨발이 부르트도록 타협하는 걸음들

불가역不可易 유리창

빛을 찾은 새 한 마리 복도에 들어와
나갈 곳 찾지 못해 위험이 길어진다
불안한 안쪽의 날들 바깥을 찾았을 때
창槍이 된 창窓 앞에서 꼼짝 않고 누운 새
날개 돋는 아이들 딱딱한 투명 앞에서
예측이 안 되는 미래 공부를 하고 있다
어디로 튈지 몰라 칠판은 빼곡한데
유리창 밖으로만 눈동자들 박혀 있다
쓰러진 날개의 시간 수업은 끝나는데

부모 세대의 아픔 모두 공감했으면

반평생 몸담은 교직을 떠나 독서하며 소일하다 몇 년 전에 중학교 은사님의 권유로 시조에 입문했고 열정적으로 공부하고 있습니다. 우리 전통 시가로 정형률을 중시하는 시조는 생각한 것보다 접근하기가 조심스러웠습니다. 율격에 맞춰 급변하는 현시대에 맞는 감각을 세워 놓고 언어를 절제하기엔 어려움이 많았습니다. 우리말을 가꾸려 하는 내 글이 시간이 지날수록 더욱 풍요로워졌으면 좋겠습니다.

수평선 너머 검은 기운이 넘쳐 날 때 개장을 앞둔 해수욕장은 분주했습니다. 아내와 해변을 천천히 거니는데 구름 사이로 하얀 달이 눈에 들어왔습니다. 한가롭게 일상을 즐기는데 달그림자 속에 어머니 모습이 아른거렸습니다. 하반신 장애로 휠체어 생활하는 어머니를 달빛이 은은하게 비추는 그런 모습 말입니다. 온갖 어려움을 견디며 사시던 우리 어머니는 집안에 도움을 주기 위해 새벽시장에서 물건을 팔아 생활하고 잠시도 편안한 마음이 없었습니다.

어느덧 빠르게 흘러 어머니는 삶을 정리하는 시간이 다

가오고 인생의 즐거움을 맘껏 누리지 못하는 애틋한 마음을 시조에 담고자 했습니다. 부모 세대의 아픔과 그 시대의 슬픔을 역동적인 율격으로 그려 내 누구나 공감할 수 있는 삶에 대한 감동과 여운을 작품에 드러내고자 했습니다.

부족한 제 작품을 선정해 주신 서울신문사 심사위원님께 마음 깊이 감사의 인사 올립니다. 시조에 눈을 뜨게 해 주고 문학의 활력을 키워 준 조경선 선생님께도 감사의 말씀 드립니다. 열띤 문학 토론을 하는 시란 동인 여러분, 따뜻한 격려로 시적 용기를 준 아내, 말없이 응원을 보낸 두 딸과 이 기쁨을 누리고 싶습니다.

시대정신이 바라는 서정 미학

　신춘문예 백년은 시조에 특히 기여했다. 우리 고유 정형
시에 그나마 주어지는 공적인 격려가 돼 왔다. 묵인되는 당
선 공식이 있는 듯 관성에 갇히지 않아야 한다. 곁들여서
사회는 다시 격랑 시절이다. 올해 신춘문예의 시조 부문 당
선작 '달을 밀고 가는 휠체어'는 그런 시대적인 특별함을
포괄하며 미학 본질에 성실하다.

　문명 편린으로 애틋함의 표징처럼 여겨지는 휠체어가
심상을 장악하며, 달을 옛시조 음풍농월 풍류 객체에서 생
애를 격려하는 주체로 치환한다. 시조 현대화라는 강령을
섬밀한 서술로 작위적이지 않게 확보하는 것이다. 율격에
선, 낱말들을 읽는 호흡에 맞춰 놓음으로써 운문성에 유려
히 닿는다. 배경의 바다는 모태를 닮아 있으며 심정적인 모
국으로 확대되면서, 존재에게 건넨 위로는 곧 시대에 위로
가 된다. '어머니' 특질을 투지 여정으로 다룬 충만한 독백
은 거대 서사 웅변만큼 위력적이다.

　당선권 '오래된 선풍기'는 결기에 서정을 더하면서 일
상과 시대를 편직한다. 다만 최소화된 어휘가 최대화된 내

용을 만드는 장르의 간결미와 종장 특유 극적인 비약은 덜 하다. 명료한 깨달음에 미장센의 절묘함을 겹친 역량은 환대될 것이다.

함께 당선권에 든 '널배를 밀고 온 달의 잠꼬대'는 긴 이야기성 포만감으로 다섯 수를 이끈 저력이 있다. 운율은 기계적인 초중종장 글자 숫자 맞추기를 극복, 인간 본능이 호응할 리듬을 획득한다. 옛 어투는, 외래어와 신조어로 억지스럽게 현대성을 만듦만큼 주의할 작풍이지만, 연애시 흡인력에 시대 정신을 함의로 포갬은 기예롭다.

시조가 우리 옛것 애착만을 뜻하진 않는다. 동시대성을 갖추며, 큰 우주마저 조그마한 꽃잎에 옮길 멋진 축약 체계여야 한다. 현대 시조 백년에 좋은 자극이던 신춘문예와 함께 금세기적인 르네상스를 성취하길 바란다.

심사위원_이근배·한분순 시조시인

취급주의

한승남

1968년 서울 출생
고려대 정보통신대학원 졸업
고려아트컴퓨터학원 원장
2022년 3월·2023년 5월 중앙시조백일장 장원
시란 동인, 볼륨 동인
2025년 『조선일보 신춘문예』 시조 부문 당선

jwcom01@daum.net

취급주의

계단을 오르내리며 슬픔을 운구한다
얼굴 없는 수취인 이름도 희미해졌다
똑똑똑 대답 없는 곳
긴 복도가 느려진다

저 많은 유품들은 누가 보내는 걸까
주문을 외우면 외로운 착각의 세계
반품도 괜찮을까요
열지 못한 사연들

상자도 사람도 구석에서 자라고 있다
유리 같은 마음입니다 던지지 마세요
날마다 포장된 시간
기적을 쌓는다

⊞ 양장점

뒷골목에 접혀 살아온 제본공 아버지
빛바랜 표정까지 조이고 박음질한다
숱한 밤 고집스럽게 실로 엮은 땀방울

두툼한 종이 미소에 꽂아둔 봄볕 하나
한 생애 덧댄 손길 각을 잡아 입히면
설움은 둥글게 펴져 당신 앞에 머문다

세로로 꽂히고 가로누운 생의 기복
서로를 기대고서 낱장을 기억할 때
진열된 양장 제본에 내려앉은 당신 어깨

나무는 나비를 묻지 않았다

서로가 팽팽할수록 실금은 굵어진다
내 몸짓 활짝 펼쳐 당신 등에 붙어넣을 때
갈라져 떠낸 자리에
나비물결 그린다

나무와 나무 사이 나비를 앉혀놓고
서로가 빗댄 홈집 메우고 다듬는다
그 누가 만들었을까
결을 따른 간격들

머물렀던 아픔은 벌어진 시간 속에
틈을 메워 나눈 숨결 날갯짓은 없어도
나무는 묻지 않았다
하나가 된 나비장

땀내 나는 우리의 일상…
때론 거대한 담론 되더라

붉은색 바탕에 '취급주의' 문구가 붙은 택배 상자가 아파트 현관 앞에 도착합니다. "절대 던지지 마세요. 밟지 마세요."는 누구를 향한 외침일까요? '택배기사의 과로사가 올해만 벌써 10번째…' 기사에 가슴이 먹먹해집니다. 택배를 받을 때면 낮은 곳에서 애쓰는 이들의 땀내가 느껴집니다. 우리의 일상이 때로 거대한 담론이 되어 다가옵니다. 열지 못한 사연이 유리 같은 아픔으로 전해집니다. 하루를 천 년처럼 사는 그들이 있어 나의 아침이 있습니다.

"시인은 모든 감각의 길고 거대하고 이성적인 착란을 통해 견자(見者)가 된다."라는 랭보의 말이 떠오릅니다. 시조는 저에게 많은 숙제를 던집니다. 시조를 쓰는 '견자'로서 하루하루 성찰해 봅니다.

문학은 삶의 무게와 아픔을 견디게 하는 힘이 됩니다. 신춘문예에 당선되도록 지도해 주신 조경선 선생님께 감사드립니다. 시인의 길에 동행해 준 남편, 시란 동인, 볼륨 동인 모두 고맙습니다. 시조의 길을 열어 주신 심사위원님과 조선일보 관계자 여러분께 감사드립니다. 제 시의 씨앗이신 아버지 영전에 이 운문을 바칩니다. 사랑하는 어머니, 자매들, 아들딸과 기쁨을 나누고 싶습니다. 나의 가장 안쪽에서 세상의 가장 바깥쪽을 향해 써 나가는 시인이 되겠습니다.

한 단어·한 구절…
허투루 놓을 수 없을 만큼 묵직

조금씩 나아가는 응모작 속의 걸음들이 보였다. 익숙한 작풍의 탈피가 오늘의 정형시에 대한 탐색으로 이어졌다. 형식적 안정감 위에 어떤 새로움을 발굴해야 오늘의 정형시로 거듭날지, 분투한 흔적들이다. 그럼에도 작품을 거듭 읽다 보면 피상적 인식을 드러내는 성급한 종결이나 시상의 서두른 봉합, 각 수 사이의 작위적인 연결 같은 것들이 더 드러났다.

그 중 '신발 애너그램', '꽃 긷는 중', '겨울 매미', '블라인드', '취급주의' 등이 남았다. '꽃 긷는 중'과 '신발 애너그램' 그리고 '겨울 매미'는 일상 속의 발견을 장식적 수사 없이 담아내는 발성과 형식의 구조화가 돋보였다. '블라인드'는 형식과 가락을 유려하게 타는 능숙함을 여러 편에서 균질감 있게 보여줬다. 하지만 구체성이나 핍진성 등에서 다소 떨어지는 안이한 완결 등이 보였고, 이런 인식과 편차를 넘어서는 '취급주의'가 당선의 자리를 차지하게 됐다.

'취급주의'에는 익숙한 대상을 낯설게 극화하는 직조력

으로 주의를 일깨우는 힘이 있다. 택배와 함께 나날을 사는 현 세상의 면목을 '취급주의'로 집어낸 발상과 이면의 성찰이 울림을 지닌다. 이사 때 요주의 물품에 붙이던 취급주의를 통해 요즘 도처의 경고로 봐도 좋을 만큼 함의를 넓힌다. '슬픔을 운구한다'는 대목과 '유품'의 연결, '반품'과 '열지 못한 사연들'의 조합은 '구석에서 자라는' 또 다른 우리 현실의 면면을 환기한다. 동봉한 작품에서도 한 단어, 한 구절을 허투루 놓을 수 없는 시조에 허사나 과잉 없는 구조화를 보이며 이곳의 현실을 되짚는 발견도 묵직하다.

한승남씨에게 축하와 기대를 보낸다. 도전할 분들의 앞길에도 큰 바람을 보낸다.

심사위원_정수자 시조시인

시 : 안수현 이문희 장희수 노은 김용희
이희수 백아온 최경민 이수빈 박연

시조 : 류한월 박락균 한승남

2025
신춘문예 당선시집

초판 1쇄 인쇄 2025년 1월 10일
초판 2쇄 발행 2025년 2월 25일

지은이 안수현 외
펴낸이 김정동
편집 김승현
디자인 최진영
홍보 김혜자
마케팅 최관호

펴낸 곳 도서출판 문학마을 (공급처 서교출판사)
주소 서울시 중구 충무로 49-1 죽전빌딩 2F 201호
전화 02 3142 1471(대)
팩스 02 6499 1471
이메일 seokyobook@gmail.com
블로그 http://blog.naver.com/seokyobooks
홈페이지 http://seokyobook.com
페이스북 @seokyobooks ┃ **인스타그램** @seokyobooks
ISBN 978-89-85392-02-0 (03810)

기획위원 김재홍, 황유지, 전철희